Anne Serre

Im Herzen eines goldenen Sommers

Aus dem Französischen
von Patricia Klobusiczky

BERENBERG

Jeder von uns ist mehrere, ist viele, ist ein Übermaß an Selbsten. […] In der weitläufigen Kolonie unseres Seins gibt es Leute von mancherlei Art, die auf unterschiedliche Weise denken und fühlen.

FERNANDO PESSOA

Geheimnisvoller, fremder

Meine Mutter hat gepackt und ist so weit, sie will mitfahren. Aber dann ruft sie am Sonntagnachmittag in allerletzter Minute an, um uns zum Abendessen einzuladen. Ich taue den Kühlschrank ab, erklärt sie mir. Da kann ich das Hähnchen doch nicht verkommen lassen.

Nichts ist für mich befremdlicher als diese Worte aus dem Mund meiner Mutter, einer eleganten Frau ohne Sinn fürs Praktische, die sich nie um ihren Kühlschrank oder ums Kochen kümmert, das übernimmt eine Haushaltshilfe, die man früher als Köchin bezeichnete. Wie bitte, was ist denn los, Mama?, frage ich. Ich habe mich doch klar und deutlich ausgedrückt, antwortet meine Mutter, die sich noch nie in ihrem Leben so ausgedrückt hat, ich wollte nicht, dass das Hähnchen verdirbt, und ihr könnt ruhig ab und an bei mir zu Abend essen, du und Françou. Meinen Lebensgefährten François nenne ich nie Françou, und auch niemand sonst, soviel ich weiß, erst recht nicht meine Mutter, die ihn immer gesiezt hat. Mama, sage ich, da stimmt doch was nicht. Ich erkenne dich nicht wieder. Das ist nicht deine Art zu reden. Und dann höre ich zu meiner Verblüffung ein ziemlich hämisches Lachen: Ha, ha, ha, das soll dir eine Lehre sein, sagt meine Mutter.

Sprachlos lege ich auf. François ist nicht da, ich weiß nicht recht, was ich tun soll. Mama spinnt offenbar, sie leidet an Altersdemenz, dabei ist sie erst achtundsechzig, aber es heißt ja, dass es manchmal früh anfängt. Ich gehe im Wohnzimmer auf und ab, bis ich mich entschließe, das Auto zu nehmen und zu ihr zu fahren, um zu sehen, was los ist, und eventuell einen Arzt einzuschalten. Wir wohnen in der Stadt, meine Mutter in einem rund zwanzig Kilometer entfernten Nachbardorf. Ich versteh's nicht, denke ich beim Verlassen der Garage, gestern hörte sie sich am Telefon ganz normal an. Sie sagte, ich möchte euch wirklich nicht stören, mein Schatz. Es ist ja sehr nett von euch, besonders von François, dass ihr mich auf euren Wochenendtrip mitnehmen wollt, aber ich möchte euch nicht zur Last fallen. Ihr sollt ganz frei schalten und walten, ich fühle mich zu Hause sehr wohl und wir können uns auch nächste Woche sehen.

Das ist meine Mutter, wie sie denkt und spricht. Nie hat sie mit mir über Gefrierschränke oder dringend zu verzehrende Hähnchen geredet, oder höchstens in einem vollkommen anderen Ton: Meinst du nicht, wir sollten dieses Hähnchen essen, das seit Tagen im Kühlschrank liegt, mein Schatz? Sandra wird es zubereiten (Sandra ist die Köchin). Und das auch nur, falls ich sie besuche, wir in ihrer Küche sind und sie mich den Kühlschrank öffnen sieht. Ansonsten würde ihr das nicht einmal im Traum einfallen.

Was ist mit Mama los? Unterwegs mache ich mir ein wenig Sorgen, und als ich vor dem Haustor parke, kann ich es kaum erwarten, sie zu sehen und mich zu vergewissern, dass sie die alte ist. Ich klingle und rufe dann wie immer Huhu!, um mich zu erkennen zu geben, und als sie die Tür aufmacht, bin ich erleichtert und zugleich überrascht. Es ist meine Mutter, aber auch wieder nicht. Vertraut sind mir ihr schönes Gesicht, das sorgfältig frisierte Haar, aber sie trägt ein unglaublich gelbes und duftiges Kleid, das ich noch nie an ihr gesehen habe und das vor allem ganz anders ist als das, was sie üblicherweise trägt. Wir umarmen uns, sie bittet mich in den Salon, was mich etwas beruhigt, weil das zu unserem Begrüßungsritual gehört, und äußert sich nur leise erstaunt über mein Kommen, was ebenfalls zu ihr passt.

Ich freue mich sehr, dich zu sehen, mein Schatz, sagt sie, aber das kommt so unerwartet, was ist denn los? Sie erinnert mich an Liz Taylor. Genau. Nicht wegen der Frisur – meine Mutter hat ihr Haar hochgesteckt –, sondern wegen des hübschen Gesichts mit den klaren Zügen, dem geraden Näschen und den tiefblauen Augen, der unverwechselbaren Art, mit der die Schauspielerin sowohl körperlich als auch mimisch Präsenz zeigte, und auch wegen dieses kurzen gelben Musselinkleids. Was für ein hinreißendes Kleid, ich habe dich noch nie darin gesehen, sage ich. Pah, antwortet meine Mutter, ich habe es aus irgendeinem Schrank gezogen, es stammt sicher aus den Sechzigern, aber es steht mir immer noch gut, findest du nicht? Ich versuche, mein Lachen liebevoll klingen zu lassen. Etwas eigenwillig für einen Wintersonntag, oder? Du warst ja schon immer recht konventionell, mein Schatz, sagt meine Mutter und bläst Rauchringe aus, dabei habe ich sie bisher noch nie mit Zigarette gesehen.

Mir ist durchaus klar, dass wir nichts über die Menschen wissen, die uns am nächsten stehen. Oder dass uns zumindest ein Großteil zu ihren Lebzeiten verborgen bleiben kann und manchmal nach ihrem Tod unerwartet zutage tritt, in Kalendereinträgen, Tagebüchern oder Briefen. Vielleicht hat meine Mutter ja jemanden kennengelernt, kommt mir plötzlich in den Sinn. Einen Mann. Das ist die einzige Erklärung für das gelbe Kleid. Dafür, dass sie neuerdings raucht. Dass sie Liz Taylor ähnelt. Unwillkürlich horche ich auf Schritte, auf einen Dritten im Haus. Ich stelle mir einen Mann vor, der auf einmal im Türrahmen steht und sagt: Hello! Wie geht es Ihnen? Ich bin der Lebensgefährte von Liz (meine Mutter heißt Élisabeth). Aber nein, anscheinend sind wir beide allein im Haus. Meine Mutter wirft mir einen sehr merkwürdigen Blick zu. Sie belauert mich. So habe ich sie noch nie erlebt. Normalerweise begegnet sie mir mit einer Art freundlicher Gleichgültigkeit.

Ich lasse nicht locker: Was sollte das mit dem Hähnchen? Ich verstehe nicht, warum dir das so wichtig ist. Sonst hast du doch keine Ahnung, was in deiner Küche oder deinem Kühlschrank lagert. Das kümmert dich nicht. Meine Mutter bückt sich wie ein junges Mädchen zum Aschenbecher, der auf dem Teppichboden steht, drückt ihre Zigarette aus, steht auf und geht zum Schreibtisch. Manchmal ändert man sich eben, sagt sie und wühlt in irgendwelchen Papieren. Du etwa nicht? Aber du bist ja auch noch so jung. Dann dreht sie sich um, und in ihrem gelben Kleid, mit dem schönen, entschlossenen Gesicht – und diesen so tiefblauen Augen, dass mir plötzlich die Frau wieder einfällt, die einmal zu ihr sagte: Élisabeth, Ihre Augen sind wie ein Magnet –, kommt sie mir jünger und lebendiger vor als ich, erotischer, gefährlicher, geheimnisvoller, fremder.

Als wäre sie tot

Die Postkarte zeigt eine Esplanade, bepflanzt mit Palmen, die sich unter einem zu blauen Himmel am Ufer eines zu blauen Meeres aneinanderreihen. Die Karte ist nicht schlecht gewählt, eine von denen, die Fernweh wecken und die Sehnsucht, Neues zu erkunden, alte Gewohnheiten aufzugeben und infolge dieser Dynamik ein wenig freier und klüger zu werden. Bedauerlicherweise werden kaum noch Postkarten verschickt. Wir brauchen sie nicht mehr, um Sehenswürdigkeiten, Straßen oder Plätze zu entdecken, die im Internet viel besser präsentiert werden, aber die digitalen Bilder, ob bewegt oder nicht, lösen im Gegensatz zu Postkarten nicht auf Anhieb diese Reiselust aus.

Die Karte stammte von Valérie, sie schrieb: Ich liebe diese Gegend wirklich über alles, und sie wird mir nie langweilig. Du *solltet* auch mal hinfahren. Sie hatte das »s« vergessen. Wie konnte einem so etwas unterlaufen? Prüften die Leute nicht, was sie geschrieben hatten? Mir kam das sehr merkwürdig vor. Oder vielleicht fiel es Valérie schwer, zwischen »ich«, »du«, »ihr« und »sie« zu unterscheiden. Oder zwischen Modus und Tempus.

Ich mag Palmen, den blauen Himmel und das blaue Meer ausgesprochen gern, leere Esplanaden mag ich hingegen nicht so sehr. Diese war komplett verwaist. So ein menschenleeres Meeresufer finde ich trist, erst recht mit diesen Palmenreihen. Da bevorzuge ich Paris mitten im August, wo es zwar auch schrecklich öde ist, aber dann ist man wenigstens zu Hause, umgeben von vertrauten Dingen.

Ich malte mir aus, wie es wäre, in einem Hotel an diesem zu blauen Meer unter dem zu blauen Himmel und mit dem Dutzend gelben Palmen an der menschenleeren Esplanade zu wohnen, und kam zu dem Schluss, dass ich mir die Kugel geben würde. Valérie findet aber vieles reizvoll, was in meinen Augen jeden Reizes entbehrt, ein Zeichen ihrer großen Stärke. Wobei ich mal einen jungen Mann kannte, der unablässig auf der Suche nach möglichst trostlosen Dörfern, Seebädern und Ferienorten war. Ich weiß nicht, warum, doch ihm gefiel das. Vermutlich hatten diese Orte für ihn eine gewisse erotische Anziehungskraft. Oder er kostete das Gefühl aus, dass ihn absolut niemand kannte. Und so konnte er dort ein anderer sein. Wo man vergleichsweise allein ist, fällt das leichter als in Gesellschaft, egal wie groß oder klein.

Natürlich fand ich es schon immer recht verlockend, eine andere zu sein (nur für einen Tag oder höchstens eine Woche). Irgendwo auftauchen, mich anders kleiden, frisieren, verhalten, es ein Stück weit ausprobieren und dann zack kehrtmachen und mich unterwegs wiederfinden.

Nach eingehender Betrachtung rief Valéries Postkarte in mir zwei Erinnerungen wach: an ein Meeresufer auf Martinique, in einem ziemlich tristen und hässlichen Städtchen, seltsamerweise aber auch an einen Urlaub, den ich in Italien verbracht und im Rückblick dermaßen verklärt habe, dass er mir inzwischen als herrliche Zeit an einem herrlichen Ort erscheint. Ich nahm mir die Karte noch einmal vor, griff sogar zur Lupe und sah im Fensterrahmen eines Gebäudes an der Esplanade eine Frau mit aufgestützten Ellenbogen, die Sophia Loren zu ihren Glanzzeiten ähnelte. Dann bemerkte ich die zu drei Vierteln vom Stamm einer Palme verdeckte Silhouette eines Mannes, der zu ihr hochblickte. Offenbar hatte der Postkartenfotograf diese Liebe festgehalten. Und das zu blaue Meer, den zu blauen Himmel und die leere Esplanade hatte er wohl so stark ins Licht gerückt, um von dieser Liebe abzulenken, die ihm ins Auge gefallen war, die er aber nicht auf den ersten Blick preisgeben wollte. Dann sah ich eine Katze in einer Seitenstraße, sah, wie Fensterläden aufgingen und Leute zum Strand schlenderten, und dachte, dass ich zunächst nur die Zeit der Siesta wahrgenommen hatte, diese furchtbare Pause zwischen zwölf und sechzehn Uhr, wenn die Menschen sich einschließen, um der sengenden Hitze und Sonne zu entgehen, und die Welt so öde wirkt, als wäre sie tot.

Nicht größer als ein Taschentuch

An einem Frühlingsmorgen kam ich durch die Via Margutta. Ich war auf dem Weg zu einem kleinen Synchronstudio, das in einem der alten Höfe zwischen der Margutta und den Hängen des Pincio liegt. Jeden Moment rechnete ich damit, Fellini zu begegnen. In Rom war allgemein bekannt, dass er, sobald es wieder milder wurde, zwischen neun und halb zehn einen kurzen Spaziergang in seinem Wohnviertel unternahm. Man erkannte ihn von Weitem an seinem Schal, den er erst im August ablegte. Unterwegs trank er bei Giovanni am Tresen stehend einen Kaffee. Die Römer lächelten ihm zu, den Touristen blieb bei seinem Anblick die Spucke weg, manche wollten ihn anfassen, um sich zu vergewissern (wie?), dass er es wirklich war. Natürlich lungerten eine Menge junger und weniger junger Schauspieler in der Gegend herum und hofften, dass er sie bemerken würde. Vor allem einer, Silvio Silvio, den alle in der Branche kannten, dieser winzige, kaum anderthalb Meter große Schauspieler, versuchte ständig, Fellini von Angesicht zu Angesicht gegenüberzutreten, und schaffte es nie, als wäre er tatsächlich, wie es hieß, vom Pech verfolgt. Und so traf jeder, der im April um neun Uhr morgens in der Via Margutta unterwegs war, sowohl Fellini als auch Silvio Silvio, aber nie gleichzeitig, nie von Angesicht zu Angesicht. Angeblich ging Silvio Silvio danach stets heim und weinte bis zwölf Uhr mittags (seiner Frau zufolge), was

Tullio Dartoli zu seinem wunderbaren Roman *Silvios Tränen* anregte, der mit dem Stresa-Preis ausgezeichnet wurde und sich in Italien 200 000 Mal verkaufte. Silvio Silvio hoffte, der Erfolg dieses Buches würde in Fellini den Wunsch wecken, ihn kennenzulernen, er hoffte sogar (hieß es), dass dieser Lust hätte, den großartigen und im Grunde so felliniesken Roman von Tullio Dartoli zu verfilmen, doch Fellini meldete sich nie (hieß es weiter), als könnten oder sollten sich die Leben beider Männer, die einander räumlich und auch beruflich (Silvio Silvio war nämlich ein hervorragender Schauspieler, wie seine Filme mit Nanni Duigi, Roberto Falli und Gianni De Gargi gezeigt hatten) so nah waren, um keinen Preis vermengen.

Mir sind noch andere Fälle bekannt, von zwei Menschen, die wie geschaffen waren, einander zu verstehen, zu schätzen und gegenseitig zu ergänzen, während ihre Lebenswege sich unweigerlich gabelten und dennoch ständig streiften, als wäre der eine letztlich nur eine Spiegelung des anderen. Ich denke da an Henrietta Van De Mine, die am Fuße des Campidoglio wohnte und sich in den achtziger Jahren in den schönen Luciano dei Monti verliebt hatte. Eigentlich hätten sie sich überall begegnen müssen: Henrietta sang, Luciano komponierte, Sängerinnen und Komponisten teilten oft das Bett. Doch sobald Henrietta auf einem Fest erschien, verließ Luciano es durch eine andere Tür. Wenn Luciano ein Casting für Opernsängerinnen einberief, war Henrietta stets auf Tournee oder krank und bettlägerig. Die Unmöglichkeit ihrer Zusammenkunft war in römischen Künstlerkreisen zur Legende geworden, denn man wusste nicht nur, dass Henrietta Luciano verfallen war, als sie ihn ein einziges Mal von fern eine seiner Eigenkompositionen dirigieren sah, sondern auch, dass Luciano seit jeher davon träumte, sie kennenzulernen, da sowohl ihr Talent als auch ihre Schönheit gerühmt und gepriesen wurden. Es war aber nichts zu machen, offenbar lag ein Fluch (oder Segen? Wer weiß?) auf diesem Paar, das sich nicht paaren ließ. Man organisierte Abendgesellschaften zu ihren Ehren, und dann sagte sie oder er in letzter Minute ab, wegen dringender familiärer Verpflichtungen oder weil ein Bruder gestorben oder das Haus in Flammen aufgegangen war. Tatsächlich mutete es recht dreist und unüberlegt an, die beiden unbedingt zusammenführen zu wollen, denn inzwischen war auch legendär, dass kurz vor diesen unmöglichen Treffen entweder Henriettas oder Lucianos Verwandte, Freunde oder Güter aus heiterem Himmel von einem Unglück heimgesucht wurden.

Es wurde so schlimm, dass beide schließlich mit dem Gedanken spielten, aus Rom wegzuziehen. Dass sie sich am Ende gegenseitig fürchteten und hassten. Henrietta verlangte, dass man in ihrem Beisein nie wieder Lucianos Namen nannte. Luciano untersagte sogar die Verwendung des Wortes »Opernsängerin«, wie man auf Schiffen aus Angst vor dem Kentern das Wort »Hase« nicht aussprechen darf. Und so kann zwei Menschen, die füreinander bestimmt und vielleicht so sehr aufeinander abgestimmt sind, dass eine Verbindung sie ununterscheidbar machen würde, eine Begegnung verwehrt bleiben, selbst in einem Umkreis, das nicht größer ist als ein Taschentuch.

Auf dem Rasenplatz

Es war Nachmittag. Hinter dem Haus lag ein kleiner Garten; in dem Garten, von einem Kiesweg umgeben, ein runder Rasenplatz. Und was ich durch die Gardinen meines Zimmers dort beobachtete, ist es wohl wert, erzählt zu werden, sonst wird mich diese peinliche Erinnerung, schwer wie ein Haufen kreuz und quer gestapelter Möbel, der auf dem Karren jederzeit einzustürzen droht, ein Leben lang belasten. Wir führten in dem geräumigen Haus ein beschauliches Leben, mit unseren Eltern, unseren Großeltern väterlicherseits, einer kinderlosen Großtante und ihrem Mann sowie einer verarmten Cousine meiner Mutter.

Seit ich Geschichten schreibe und erzähle, hatte ich immer Lust (und habe es oft versucht), einen Eindruck von unserem Zusammenleben in diesem Haus zu vermitteln, wo wir zu zehnt waren und mitten im 20. Jahrhundert aus unerfindlichen Gründen so lebten wie im 19. Jahrhundert. Ich habe es versucht, und es ist mir nie gelungen, obwohl es doch der Roman meines Lebens wäre, weil er mir jedes Mal nach zwanzig Seiten entglitt; ihn fortzusetzen schien aussichtslos, weil es so vieles zu erklären gab, natürlich auch viel Wahnsinn. Mindestens zwanzigmal hatte ich damit begonnen, das Haus von innen zu beschreiben, die zwanzig Zimmer, wie sie miteinander in Verbindung standen oder auch nicht, wer wo wohnte, aber ständig gingen die Türen auf oder zu, stiegen die

Hausmädchen nach oben oder nach unten, waren meine Eltern in einem Raum romantisch und im nächsten bedrohlich, führten meine Großeltern ihr Leben in einem anderen Stil, aus einer anderen Epoche in wiederum anderen Räumen, und ich wusste einfach nicht mehr, wann mein Großonkel gestorben war und warum die Cousine meiner Mutter eines Tages, als sie die Treppe herunterkam, so aussah, als wäre sie einem Film von Hitchcock entsprungen.

In Wirklichkeit lag hinter dem Haus kein »kleiner Garten«, sondern ein Park. Bürgertum ist aus der Mode gekommen, und wer seine Kindheit zwischen goldenen Täfelungen, seien sie noch so morsch, verbracht hat und in den Genuss einer vorzüglichen Bildung und glanzvollen Lebensart gekommen ist, sollte es in der heutigen Zeit, die so irrwitzig ist wie alle heutigen Zeiten, besser für sich behalten. Ich weiß nicht, ob mich eine gewisse Scham bremst, weil meine Kindheit so zauberisch war, oder das komplizierte Beziehungsgeflecht in diesem Haus, wo wir zu zehnt wohnten, die Hausmädchen nicht eingerechnet, und alles so schnell ablief wie ein Film im Zeitraffer, der aber verkehrt herum abgespielt wird.

Auf dem Rasenplatz also beobachtete ich eines Tages eine Szene »à la Gilberte«, und alle Proust-Leser werden wissen, was ich damit meine. In *Auf der Suche nach der verlorenen Zeit* gibt es eine rätselhafte Szene, die einer Szene aus dem Film *Belle de jour* von Buñuel gleicht. Eine durch und durch unverständliche Szene. Bei Proust gibt Gilberte dem Erzähler, als er noch ein Kind ist, ein Zeichen, das ihn erstarren lässt (aber was für ein Zeichen?), und bei Buñuel bekommt die Prostituierte von einem Mann eine Schachtel geschenkt, öffnet sie und entdeckt darin offenbar etwas ganz

Besonderes, auch wenn wir nie erfahren werden, was. Etwas Ähnliches beobachtete ich auf dem Rasenplatz, hinter den Gardinen meines Zimmers verborgen, und das war so verstörend, dass die Erinnerung natürlich niemals erscheinen sollte.

In der Hinterhand

Ich halte mich für sehr geschickt, wenn es um die Verfertigung von Träumen geht. Pro Nacht gelingen mir im Schnitt vier, und es sind wahre Romane, genauer gesagt Erzählungen. Es gibt immer einen Anfang, eine Mitte und ein Ende, selbst wenn die Reihenfolge natürlich meistens vertauscht ist und der Traum mit dem Ende beginnt und in der Mitte endet. Aber das hat auch seinen Reiz. Chronologisch erzählten Geschichten habe ich nie so recht getraut, denn wie soll man annehmen oder feststellen, dass sie hier anfangen und dort aufhören? Ich kannte mal eine Schriftstellerin, die behauptete, sie beginne ihre Romane vom Ende her: Sobald ihr der letzte Satz einfalle, könne sie anfangen. Ich habe mich lange gefragt, ob sie sich damit nur aufspielen wollte oder ob es stimmte, und folgerte, dass es wohl zur Hälfte zutraf, wie in allen Fällen, wo man über den Wahrheitsgehalt einer steilen Behauptung grübelt. Vermutlich hatte sie einmal einen Roman vom Ende her begonnen, als ihr der letzte Satz einfiel, und weil ein solches Erlebnis doch ziemlich bemerkenswert ist, gab sie seitdem vor, es immer so zu halten, was meiner Meinung nach nicht möglich ist, gerade weil sie eine sehr gute Schriftstellerin ist. Gute Schriftsteller zeichnen sich ja dadurch aus, dass sie ihre Romane immer wieder anders beginnen. Wahrscheinlich fangen andere in der Mitte an, und es wundert mich, dass Literaturkritiker bei

Interviews nicht öfter diese faszinierende Frage stellen, anstatt immer nur wissen zu wollen, ob das Werk autobiografisch sei, was natürlich keinen Sinn hat.

Da ich förmlich am laufenden Band vollständige Träume hervorbringe (manchmal komme ich mir vor wie diese Maschinen, die auf Tennisplätzen in regelmäßigen Intervallen Bälle ausspucken), frage ich mich gelegentlich, was ich damit anstellen soll. Ich gehöre nicht zu diesen Kapitalisten, die immer unbedingt alles verwerten wollen, was sie produzieren – in meinen Augen zeugt das von einem eklatanten Mangel an Zuversicht –, aber manchmal scheinen mir diese Hunderte von Mikroerzählungen zu viel Raum einzunehmen (meine Wohnung ist alles andere als groß). Meistens schreibe ich sie nieder und denke, falls sie nach meinem Tod Leser finden, wird es schallendes Gelächter geben, denn manche sind wirklich zum Brüllen komisch. Zu meinen Lebzeiten behalte ich sie in der Hinterhand.

In jenem Sommer

In jenem Sommer beschlossen wir, uns keine Sorgen mehr zu machen. Es war so anstrengend geworden, von einer psychiatrischen Klinik zur nächsten zu hasten. Mein Vater befand sich in einer renommierten Anstalt in der Schweiz, ihn aber Monat für Monat zu besuchen, während er sich für Musset hielt, mit mir redete, als wäre ich George Sand, und in rein imaginären Erinnerungen schwelgte, mit einer Heiterkeit und Verschmitztheit, die durchaus ihren Charme hatten, doch in dieser Situation kaum angebracht schienen, war bedrückend. Vielleicht umso mehr, als es mich im Grunde unwiderstehlich hinzog und ich mich, wenn ich mit der Kleinbahn in das Dorf Birgen hinauffuhr, inmitten einer prachtvollen Landschaft aus Wiesen und noch im Frühjahr schneebedeckten Gipfeln, mit einer Mischung aus Schauder und Wonne zu diesen monatlichen Treffen begab – deren Frequenz ich selbst festgelegt hatte, nicht zu oft, nicht zu selten –, die von jeher die Beziehung zu meinem Vater prägte. Vielleicht wäre er diesmal wohlauf, eher bei Verstand? Manchmal war es so. Ich bin mir aber nicht sicher, ob er mir in dieser Verfassung lieber war. Ich fürchte, verrückt war er mir am liebsten. Unterwegs bereitete ich mich darauf vor, für George Sand oder eine andere Person gehalten zu werden. Er hielt mich nicht *ganz und gar* für eine andere, er wusste, dass ich seine Tochter bin, und kannte Details aus meinem Leben.

Er war imstande zu fragen, wie es mir und auch meinen Freunden gehe, wie es mit der Arbeit laufe, doch dann glitt das Gespräch sehr schnell ab. Wenn er fröhlich war, und das war er meistens, ging seine Fantasie mit ihm durch, etwa so, wie es beim Schreiben vorkommt. Es war diese Art heimliche, stets erotische Freude, die ihn in Erinnerungen an heißgeliebte, für ihn sehr bedeutsame Lektüren schwelgen ließ, und so umhüllte er unser Gespräch nach und nach, wie mit einem Laken oder Schleier, mit Bildern und Reminiszenzen, die nicht unserem Leben entstammten, sondern seinen Leseerlebnissen. Der Moment, in dem dieser Schleier ausgebreitet wurde, bleibt mir im Gedächtnis. Er war sehr schön. Das war wohl der Moment, den ich ersehnte, der Grund, warum ich meinen Vater so sehr liebte. War ich selbst traurig oder ängstlich gestimmt, versuchte ich, oft auf recht grobe Weise, den Schleier wegzuziehen. Ich glaube nicht, dass ich ihn damit kränkte – ich verblüffte ihn. Er drehte leicht den Kopf und neigte ihn zur Seite, wie man es tut, wenn man ein Geräusch vernimmt, das sich weder benennen noch verorten lässt. Ihn »auf den Boden der Tatsachen« zurückzuholen war immer ein brutales Unterfangen, das mir sogar vulgär erschien.

Wenn ich zuließ, dass wir gemeinsam von diesem Schleier umhüllt wurden, wenn ich seinem vergnügten Vortrag also nicht widersprach, wurde ich von einem Strom mitgerissen, den ich als das wahre Leben und zugleich als Gefährdung für mich empfand. Mein Vater war recht gesellig, sogar in der geschlossenen Anstalt, wo er die Patienten, die uns hier und da begegneten, so höflich wie freundlich grüßte. Als würde er mit liebenswürdigen Leuten in einem herrlichen Landhaus Urlaub machen. Wenn er mit mir zusammen war, hatte er vor allem Freude an Gesprächen über

Kunst. Unterhielten wir uns über ein Gemälde, einen Roman, ein Bauwerk oder die Schönheit einer bestimmten Stadt, staunte ich über sein reiches Wissen, denn er hatte zwar viel gelesen, war aber kaum verreist und hatte lange in der Provinz gelebt. Dafür hatte er ein phänomenales Gedächtnis und erinnerte sich an Lektüren aus seiner frühen Jugend, an Theateraufführungen, die er als junger Mann mit glühendem Eifer verfolgt hatte, als hätten sie erst am Vortag stattgefunden. Zeit zählte für ihn nicht. Sein Hauptthema waren Liebeslust und Liebesqual.

Besuchte ich hingegen meine jüngere Schwester in Combleux, herrschte eine ganz andere Atmosphäre. Inès war keineswegs fröhlich; ihre Stärke, Konzentration und Wachsamkeit waren unerbittlich. Allerdings glaube ich, dass ich mich sehr in ihr getäuscht und nie richtig verstanden habe, was sie für ein Mensch war. Etwas in ihr verlangte danach zu explodieren, und etwas ist explodiert. Sie hielt ihre Anstalt nicht für ein Ferienhaus. Sie war präsenter, als man es sein sollte und kann, gewissermaßen »überpräsent«, und ich machte es mir zur Aufgabe, diese »Über-Präsenz« zu lindern, sie nicht zu mindern, sondern ihr die Spannung zu nehmen. Wir redeten viel, und es war ganz anders als mit meinem Vater, weil unseren Worten ständig ein geschriebener Text zugrunde lag, den weder sie noch ich zu lesen vermochten, über den wir uns beide beugten und in den wir uns beide versenkten, ohne ihn jemals entschlüsseln zu können.

Und so verlief mein Leben zwischen Birgen und Combleux, Combleux und Birgen, mit Zwischenaufenthalten in Paris, wo ich ein wenig verschnaufte. Doch kaum hatte ich einige Zeit in Paris verbracht, wollte ich nichts lieber, als wieder nach Combleux und nach Birgen zu fahren.

Meine andere Schwester unternahm in etwa die gleichen Reisen, von einer anderen Stadt aus, der Stadt, in der sie lebte. Dorthin fuhr ich nie, und sie fuhr nie nach Paris. In jenem Sommer aber, Ende Juni, wollten wir uns zum ersten Mal eine Pause gönnen, und zwar zusammen. Für eine gewisse Zeit würden wir weder nach Combleux noch nach Birgen fahren, sondern nach Capri. Wir blieben lange dort, denn meine Schwester hatte einen Job gefunden und ich ein Stipendium für meine Studien erhalten. Da erreichten uns beunruhigende Nachrichten aus Birgen und Combleux: Dem Vater ging es sehr schlecht, und auch der Schwester. Zu ihnen eilen? Ach, wie gern hätten wir das getan! Aber es ging nicht mehr, wir waren in Capri gefangen, eingemauert, versteinert. Ich habe mir nie verziehen, dass ich nicht ein letztes Mal als George Sand am Bett meines Vaters wachte, während er diese Welt mit ihren undurchschaubaren Härten verließ, dass ich von Combleux nichts als die Erinnerung an ein tragisches Denkmal bewahrt habe. Unser Leben, sagte ich eines Tages zu meiner verbliebenen Schwester, ist in gewisser Hinsicht viel langweiliger geworden. Da enthülste sie gerade Erbsen am Küchentisch unseres Familienhauses, sie sagte kein Wort, sie hob nicht einmal den Kopf.

Ein Würfelwurf

Meine Erinnerungen sind alle von meinen Lektüren verstellt, überlagert oder angefüllt, sodass ich ihnen inzwischen gar nicht mehr traue und sie dennoch in Ehren halte, schließlich bleiben es meine Erinnerungen. Vor ein paar Tagen sollte ich jemandem von meinem Aufenthalt in Rom erzählen, als ich Anfang zwanzig war. Ach, sagte ich, inzwischen weiß ich überhaupt nicht mehr, was in Rom wirklich passiert ist, ich weiß nur, dass mir sehr genaue, sehr detailreiche Bilder in Erinnerung geblieben sind, die ich Ihnen bis zum Überdruss schildern könnte, aber mir ist auch bewusst, dass diese Bilder so beschaffen sind wie meine Romane. Na und, sagte diese Person, die mich für eine Literaturzeitschrift befragte, es sind doch Ihre Erinnerungen, wir verlangen nicht, sie zu überprüfen, wir sind nicht die Polizei.

Ich sagte, wie nett, danke, die Leute ahnen ja nicht, wie schwer sie es mir machen, wenn sie mich um etwas Autobiografisches bitten, denn ich habe im Grunde keine Autobiografie, also muss ich mich in alle Richtungen verbiegen, um etwas zu finden, das sie zufriedenstellt, wie jemand, der stundenlang fischt, seine Angel nach allen Seiten auswirft und trotzdem immer nur einen alten Latschen, einen toten Fisch oder lange Gräser aus dem Wasser holt, die zunächst anmuteten wie ein guter Fang.

In Rom, sagte ich, nun etwas selbstbewusster, weil mein Gegenüber so wohlwollend war, kaufte ich für siebenhundert Francs (damals zahlte man noch in Francs, und die Summe entspricht heute etwa hundert Euro) ein Gemälde aus dem bolivianischen Altiplano, 17. Jahrhundert, das einen Engel mit Helm und Schild zeigte. Tatsächlich hatte man die Leinwand sorgfältig herausgeschnitten, sodass ich später dachte, es müsse sich um Diebesgut handeln. Es wurden noch zwei andere, ebenso schöne angeboten, und ich bedaure bis heute, sie nicht gekauft zu haben, denn ihr Preis war genauso moderat, aber natürlich hatte ich als Zwanzigjährige kaum Geld. Ich weiß nicht mal, erklärte ich meinem Gegenüber, woher das bisschen Geld stammte, das ich hatte. Von meinen Eltern, vermutlich, außerdem jobbte ich ständig, wie mir jetzt wieder einfällt. Ein Jahr lang hatte ich in der Nationalbibliothek Karteikarten sortiert, ich hatte auch als Telefonistin in einer Arztpraxis gearbeitet und mir wohl auf diese Weise etwas zusammengespart.

Haben Sie die Stadt besichtigt?, fragte mein Gegenüber. Sicher, antwortete ich. Dabei war mir völlig entfallen, ob ich es getan hatte. Bestimmt war ich den lieben langen Tag herumgelaufen, wie ich es immer tat. Diese Frage hatte in mir nur ein einziges, überaus präzises Bild wachgerufen: Ich hatte sogleich den kühlen, glänzend grünen Kachelboden im Flur einer Familienpension auf dem Aventin vor Augen, aber ich wusste auch, dass dieser Flur mich umgehend an eine Szene aus *La Dolce Vita* erinnerte, in der Journalisten und Fotografen sich sehr angeregt auf einer Caféterrasse unterhalten, und führte das nicht näher aus, weil es zu umständlich gewesen wäre, davon zu erzählen.

Manchmal denke ich, es wäre schlau, einen Blick in meine Tagebücher von damals zu werfen, denn so, wie ich ständig überall herumgelaufen bin, habe ich stets Tagebuch geführt. So könnte ich mir doch einen Eindruck von dem verschaffen, was so passiert war. Aber das widerstrebt mir. Ich habe dummerweise immer Angst, auf etwas ganz und gar Fremdes zu stoßen und festzustellen, dass die Person, die dieses Tagebuch führte, mir tatsächlich völlig fremd ist. Schließlich möchte man lieber keine allzu sehr gespaltene Persönlichkeit sein.

Danach habe ich meinem Gegenüber erzählt, wie ich in Rom einen sympathischen alten Mann kennenlernte, der mich zu Pferderennen mitnahm, um dort wetten zu gehen. Bestimmt war sein Gesicht nicht ganz das von Vittorio De Sica, aber so sähe ich es nun mal, erklärte ich. Bei dieser Gelegenheit hatte ich festgestellt, dass ich keine Spielerin bin, ich wettete nicht gern um Geld, und als mich später ein anderer Mann ins Kasino führte, um Roulette oder was auch immer zu spielen, bestätigte es sich. Glücksspiele langweilen mich und lassen mich kalt, stellte ich noch einmal klar.

Aber Sie erinnern sich ja doch!, lobte mein Gegenüber. Und mir fiel ein, dass meine Schwester das auch immer gesagt hatte, in Combleux, wenn wir uns in der Anstaltscafeteria ausgiebigst unterhielten und ich mich fragte, warum sie drinnen war und ich draußen. Warum dieser Würfelwurf.

Stark wie ein Löwe

Im Frühling liebe ich die Morgendämmerung, wenn das Licht allmählich wiederkehrt, die Umrisse der Berge sich schwach vor dem hellen Himmel abzeichnen und schmale, rosa angehauchte Wolkenstreifen über sie hinwegziehen. Im Sommer ist es die Nacht. Ich weiß noch, wie ich am Ende einer sehr heißen Sommernacht vor Tagesanbruch das Haus verließ, weil ich sehen wollte, wie mein Geliebter in seinem eigenen Haus unweit von meinem wach wurde. Dort wohnte er mit seiner Frau, sie sollte mich auf keinen Fall sehen, und so versteckte ich mich in ihrem Garten hinter sauber gestutzten Hecken. Dort, in der Hitze dieser unvergleichlichen Augustnacht, harrte ich lange aus, ich hatte mich nicht einmal frisiert, war nur leicht bekleidet, aber ich war jung und bedurfte keinerlei Pflege. Ich wusste, dass mein Geliebter wie immer in aller Frühe aufstehen würde, um in seinem Büro im Erdgeschoss zu arbeiten, das auf den Garten hinausblickte, und auch zu träumen, denn in seinem Eheleben brauchte er ein Zimmer für sich, einen Rückzugsort, an dem er träumen konnte. Plötzlich ging in der Diele ein Licht an und gleich wieder aus, und dann ging eines im Büro an. Er war also aufgestanden. Ich schlich zum Fenster, hockte mich davor und spähte durch die Gardinen. Ja, es war mein Geliebter, in einem gegürteten Morgenrock aus schwerem blau-schwarzem Stoff, den ich natürlich noch nie an ihm gesehen hatte, denn mit mir war er, nachts und am Morgen, immer nackt. Er saß an seinem Schreibtisch und sortierte Unterlagen, er hatte sich Kaffee gemacht, der in einer Tasse vor sich hin dampfte, und wühlte in einer Schublade. Sein Gesicht war mir völlig fremd. Sicher, es war wirklich mein Geliebter, aber mit einem Gesicht, das mir noch nie begegnet war, es war nicht das Gesicht, das er in meinem Beisein hatte.

Ich hatte mich noch nicht zu erkennen gegeben und wollte es gerade tun, wollte an der Scheibe kratzen, er würde das Fenster öffnen, verblüfft, leicht erschrocken und entzückt, wir würden ein paar Worte wechseln, dann würde ich wie ein Wiesel nach Hause flitzen, in mein Zimmer hinaufgehen und mich noch etwas hinlegen, bis ich ihn in der kleinen Bucht wiedertraf, wo wir uns am Nachmittag gern tummelten, aber da sah ich, was er in der Schublade gesucht hatte, aus der er einen Revolver zog. Seit ich mit ihm zusammen war, wäre ich nie auf die Idee gekommen, dass er einen Revolver besaß, er hatte mir nie davon erzählt, obwohl wir uns doch alles erzählten, von den alltäglichsten zu den merkwürdigsten und geheimsten Dingen unseres Lebens. Er handhabte den Revolver sehr behutsam und mit nachdenklicher Miene. Ich dachte mir, dass dieser Gegenstand wohl seinem Vater gehört hatte und er ihn nun verwahrte. Ich dachte mir, dass dieser Gegenstand aus mir unbekannten Gründen dazugehörte, wenn er in seinem Büro träumte, dass er seine Träumerei begleitete. Ich bin mir sicher, dass er weder an Selbsttötung dachte noch daran, irgendwen anderen zu töten, das lag nicht in seiner Natur. Ich dachte aber auch, dass es vielleicht besser war, den Geliebten nicht bei seinem Eheleben, seinem anderen Leben zu überraschen, und sei es nur zum Spaß. Dass genau das unter Umständen tödlich wäre. Schließlich hat jeder das Recht, zwei Leben zu führen. Es kommt mir sogar viel natürlicher vor, zwei statt nur eines zu führen. Jemand, der nur über ein Leben, ein Gesicht verfügt, erscheint mir in gewisser Hinsicht bedrohlicher als jemand mit einem Doppel- oder Dreifachleben.

Ich habe nicht ans Fenster geklopft. Ich ließ meinen Geliebten, der zu diesem Zeitpunkt nicht mein Geliebter, sondern ein anderer Mann war, von mir unbekannten Dingen träumen, mit seiner Waffe in der Hand und dem fremden Morgenrock, der in meinen Augen überhaupt nicht zu ihm passte, wich vom Fenster zurück, duckte mich und huschte wie ein Schatten durch den Garten. Ich kehrte in mein Haus zurück, und als wir uns nachmittags in der kleinen Bucht wiedertrafen, wo wir uns so gern tummelten, sah ich ihn strahlend wie immer auf mich zukommen, stark wie ein Löwe, strotzend vor Gesundheit und Lebensfreude.

Unter den Eukalyptusbäumen

Seit Monaten schon drängen Sie mich, meine Freunde, Ihnen doch bald meine im Ausland gewonnenen Eindrücke aufzuschreiben, ohne zu ahnen, dass Sie mich mit dieser Bitte in die größte Verlegenheit bringen. Als ich jung war, bin ich viel gereist, viel mehr, als man annehmen könnte, denn ich spreche fast nie darüber. Warum? Vielleicht, weil ich bei jeder Reise das Gefühl hatte, mit mir Schluss zu machen. Ich ließ mich in Paris zurück, während eine andere sich nach Australien, Ägypten, Indien, Siena, Kopenhagen oder Augsburg begab. Wobei ich in Augsburg möglicherweise eher ich selbst war, denn dort wandelte ich auf »den Spuren von Montaigne«, nachdem ich beschlossen hatte, seine berühmte Reise in die Schweiz, nach Deutschland und Italien zu wiederholen und jeder seiner Etappen zu folgen. So bin ich über Basel gefahren, bin in seinem Badener Hotel abgestiegen und habe dort, genau wie er, Schwefelwasser getrunken, habe den Rheinfall an seinem Aussichtspunkt bewundert und bin nach Augsburg und Innsbruck in Verona gewesen, um in das winzige Hügelkloster einzuziehen, wo er sich von Mönchen hatte beduften lassen.

Ich war auf Reisen, denn in Ägypten habe ich diese Nilkreuzfahrt unternommen, bei der abends getanzt wurde wie in einem Roman von Agatha Christie, in Indien spazierte ich durch Kalkutta, wo ich sah, wie entlang des Ganges auf Scheiterhaufen Leichen verbrannt wurden, in Australien schlief ich im Wald von Queensland unter den Eukalyptusbäumen, umgeben von Wallabys und Kookaburras, deren Gelächter von den Ästen schallte, in Mexiko wurde mir bei der Besteigung einer Pyramide in Chichén Itzá schwindlig. Doch vermutlich war ich nicht ganz diejenige vor Ort, denn als ich danach Geschichten erzählte, als ich danach Bücher schrieb, kamen mir diese Bilder niemals in den Sinn, fanden niemals Eingang in meine Werke. Seltsam, dachte ich. Was haben diese Reiseeindrücke für eine Bedeutung, wenn sie den Gedankengang nicht im Geringsten beeinflussen? Ich stellte mir vor, dass es in meinem Gehirn möglicherweise einen Lappen gab, der einzig und allein dem Reisen vorbehalten war und mit den anderen nicht in Verbindung stand. Denn das galt ja für alle Reisen, fiel mir ein, egal unter welchen Bedingungen sie stattgefunden hatten, ob ich mit einer bunt gemischten Truppe unterwegs war oder allein: für die drei Monate im Ahaggar bei einer Tuareg-Familie, den Aufenthalt in Dakkar, bei dem ich anschließend immerhin ganze Tage im Busch verbracht hatte, und die unzähligen Reisen nach Italien, von Genua bis Sizilien, mit Bildern, Erinnerungen, die niemals in meine Bücher einfließen.

Ich habe mich gefragt, ob es über dieses Horten von Reiseerinnerungen an einer Stelle des Gehirns, die nicht mit den anderen in Verbindung steht, bereits wissenschaftliche Erkenntnisse gibt. Vielleicht trägt diese Eigenheit ja sogar einen Namen.

Das Paradebeispiel einer Flucht

Es war die Jahreszeit, zu der es schon um vier Uhr dunkel wird. Eine Jahreszeit, die wohl niemand mag. An solch einem winterlichen Spätnachmittag war ich einst auf der Flucht vor einem Kerl, der unsere Trennung nicht verkraftet hatte und mich hartnäckig verfolgte, egal, wohin ich ging, egal, was ich tat. Irgendwann bekam ich Angst – es konnte durchaus sein, dass in der gefalteten Zeitung, die er stets in der Hand hielt, ein Messer steckte –, weil er etwas gestört war, das war er schon immer gewesen, und bestimmt hatte mich auch das an ihm gereizt, als wir uns kennenlernten und alles oder fast alles in mir Nein rief, während ein winziger Teil Ja sagte. Gesiegt hatte das Ja.

Unsere Beziehung entpuppte sich als denkbar chaotisch, unglücklich und grauenvoll, und meine vernunftbegabten Freunde waren angesichts dieses Gespanns vollkommen ratlos. Und das vollkommen zu Recht. Immerhin gelang es mir nach einiger Zeit, vielleicht einem Jahr oder zwei, endlich unsere Verbindung zu lösen, die mich so radikal spaltete, dass es manchmal schwer war, von einer Persönlichkeit zur anderen zu gleiten – nicht etwa, zwei gebrochene Teile zu einem Ganzen zu fügen. Man könnte sagen, ich hatte zwei Gesichter, das eine, das Sie heute sehen – jener Teil, der Nein sagte –, und das andere, das inzwischen zum Glück verschwunden ist und das sowohl durch die Persönlichkeitsstörung meines Freundes als auch durch meine Unwissenheit in Beziehungsfragen bedingt war. Dieses zweite Gesicht wurde mir nicht aufgezwungen, ich hatte nichts von einem Dr. Jekyll und Mr. Hyde, es hatte sich kein Double meiner bemächtigt, nein, das Leben ist immer viel komplexer und subtiler, als man es beschreibt. Ich vermute, dieses andere Gesicht, das durch unsere Beziehung hervorgerufen wurde, hatte ich aus reiner Neugier angenommen. Ich hätte mich ebenso gut weigern können. Und vielleicht hätte ich das tun sollen, wer weiß.

Ob der Umstand, dass ich ab und zu ein anderes Gesicht annahm, mir Kraft schenkte, wenn ich zu meinem eigenen zurückfand, wenn ich mein eigentliches Gesicht zeigte? Das ist durchaus möglich. Sogar wahrscheinlich. Es war eine rätselhafte und undurchschaubare Angelegenheit, ganz und gar unvergnüglich, ein wenig ähnelte sie – wollte man ihr einen noblen Anstrich verpassen – einem Initiationsritus. Man musste eine Art Entstellung oder grobe Prüfung durchlaufen, um etwas zu erreichen. Doch an jenem winterlichen Spätnachmittag schlüpfte ich, entweder weil die Initiation vollzogen oder ich zu diesem Gesichtswechsel nicht mehr in der Lage war oder ihn satthatte, auf der Flucht vor meinem gestörten Freund, der mir kreuz und quer durch Paris folgte, bei meinen Großeltern unter, die am Ende einer langen und breiten Allee in einer Wohnung lebten, wo man nicht das Geringste ahnte von den Prüfungen, denen ich ausgesetzt war. Natürlich konnte ich sie ihnen nicht erklären, weder ihnen noch sonst jemandem, weil sie mir damals selbst völlig unerklärlich waren. Während der Phase meiner Doppelgesichtigkeit war mir fast entfallen, dass ich Großeltern, ja überhaupt eine Familie hatte. Ich weiß nicht, wie die Nachricht zu mir durchdrang, dass es sie gab und sie ganz in der Nähe waren. Ich sehe mich wieder im Bus sitzen, unterwegs zu ihnen, während ich an diesem nachtdunklen Winternachmittag unter den hohen kahlen Alleebäumen dahinfuhr, das Gesicht hinter einer riesigen aufgeschlagenen Zeitung versteckt, für den Fall, dass mein Freund sich in der Gegend herumtrieb. Das ist mal eine Flucht, denke ich inzwischen. Das Paradebeispiel einer Flucht.

Ist es nicht wundervoll, einzigartig zu sein?

Ach herrje! Jetzt müssen wir also nochmal in den obersten Regalen nachsehen, um dieses Buch aufzustöbern!, murrte Madame Schmidt. Na klar. Wir mussten unbedingt den *Steinernen Chinesen* wiederfinden, aus der Feder von – wie hieß er noch? Niels Hirven? Niels Erinnen? Möglicherweise war es kein Niels. Ein nordischer Name, wie Ibsen oder Strindberg, mit N, das hätte ich schwören können, Nirven Irgendwas? Das Buch würde ich aber bestimmt wiedererkennen. Es hatte einen dunkelrosa Umschlag und war mit Pergamentpapier bezogen, eher kleinformatig und recht dick. Nicht zu verwechseln mit den Büchern von Ambrose Bierce, die ähnlich gestaltet waren, und auch nicht mit diesem einen, dessen Titel mir tatsächlich immer wieder entfiel. *Locus Solus*, dachte ich, aber nein, das war es nicht, ich meinte die *Legendenhaften Moralitäten* von Laforgue, die so oft aus dem Kabinett ins Hinterzimmer, aus dem Hinterzimmer ins Vorderzimmer gewandert waren, dass man unmöglich wissen konnte, wo die nun wieder steckten.

Sie sollten sie wirklich ein für alle Mal richtig sortieren, sagte Madame Schmidt. So würden wir viel kostbare Zeit sparen, wenn Sie wie heute Morgen wieder eines suchen, und Sie hätten auch nicht ständig das Gefühl, dass Ihre Bücher verschwinden. Dabei sind sie nur völlig ungeordnet. Dieses Buch von Niels, Nirven, Rhinite oder Gott weiß wem haben Sie verliehen. Und was die

Umschläge aus Pergamentpapier angeht, ja, die habe ich vor Augen, es sind aber sehr viele. Wenn Sie Ihre Bücher schon nicht alphabetisch ordnen, könnten Sie sie doch nach Ländern sortieren. Taugen die was, diese nordischen Autoren? Heiter sind sie sicher nicht. Wenn ich so viel lesen würde wie Sie, würde ich mich lieber an die Italiener halten. Die sind bestimmt heiter, diese italienischen Romane, wie die italienischen Filme. Und auch sehr detailreich, nicht wahr? Ich lasse mich von einem Buch ja gern so richtig entführen. So wie bei diesem Roman von Gitta Gritti, den Sie mir letztes Mal gegeben haben. Ich habe sogar meine Metrostation verpasst, weil sie da gerade von einem grünen Feld im Hochsommer erzählte. Dahinter gab es dieses Dorf, und dann diesen jungen Burschen, der mir so gefiel, wie aus der Zeit gefallen, ja wirklich, so einen findet man heute nicht mehr, mit so starken Empfindungen. Ich habe Chevaleret verpasst, weil ich wissen wollte, was in dem Burschen vorging. Sie haben aber zu viele Bücher. Wie wollen Sie sich da noch zurechtfinden? Vermischen sich nicht sämtliche Geschichten? Ach, das ist nicht schlimm? Das sehe ich aber anders! Wenn man Sie zu einem Buch befragt, sollten Sie es besser nicht mit einem anderen verwechseln, sonst hält man Sie am Ende noch für verwirrt. Außerdem erzählt jedes Buch eine bestimmte Geschichte und keine andere. Wäre ich Schriftstellerin wie Sie, würde es mir kein bisschen gefallen, wenn man meine Bücher mit anderen verwechselt.

Tja, so wie's aussieht, steckt Ihr nordischer Autor nicht in den obersten Regalen, sagte Madame Schmidt. Da gibt es was von Prosper Mérimée mit einem rosa Umschlag, aber der kommt nicht aus dem Norden. Mac Orlan? Was sind das nur für Namen! Sie haben wohl eine Schwäche für etwas seltsame Autorennamen.

Das kann ich verstehen: Diese Namen entführen Sie. Ich weiß nicht, warum wir das so gern mit uns geschehen lassen. Sicher, so wird man aus dem gewohnten Leben herausgerissen, aber da sollte man nicht übertreiben, so schlecht ist das gewohnte Leben doch nicht. Wenn ich an mein eigenes denke, kommt es mir gar nicht so übel vor, es herrscht kein Mangel an Fantasie, manchmal überwiegt sie sogar. Meine Schwester zum Beispiel, deren Name Ihnen so gut gefällt, Gerda von Trup, sie hat einen Modefimmel und ist neulich in einem grünen Mantel und lila Kleid mit weißen Kranichen erschienen, alles »Stücke von jungen Designern«, wie sie sagte. Sie lachen? Es ist ja auch komisch. »Stücke von jungen Designern« klingt geradezu bühnenreif, finden Sie nicht? Meine Schwester sagte außerdem – verzeihen Sie –, ich solle nicht mehr für Sie arbeiten, weil Sie mich ausbeuten würden. Ich entgegnete, aber nein, wir suchen Bücher und plaudern dabei. Führt ihr etwa gelehrte Gespräche über diese Wälzer?, fragte meine Schwester voller Ironie, mit ihren Kranichen auf dem lila Kleid. Gelehrt vielleicht nicht, aber wir reden über die Geschichten und auch über Namen, antwortete ich. Da meinte sie, ich sei bestimmt das einzige deutsche Dienstmädchen in ganz Paris, und das sei an sich schon merkwürdig. Na und, antwortete ich – und dabei dachte ich an Sie, Mademoiselle –, was soll's, ist es nicht wundervoll, einzigartig zu sein?

Wir messen all diesen Dingen große Bedeutung bei

Heute Morgen wollten wir nicht aufwachen, erzählte mir Lottie, weil wir beide, meine Schwester und ich, in einem so gewaltigen Traum festhingen, dass es völlig undenkbar war, uns davon zu lösen, nur um zu unseren alltäglichen Verrichtungen zurückzukehren. Irma schlief zwar im anderen Bett, aber wir träumen häufig das Gleiche zur gleichen Zeit. Das ist so wie im Kloster, wo die jungen Nonnen gleichzeitig ihre Tage bekommen. Wir waren auf einem Schiff à la *Titanic*, das tatsächlich jeden Augenblick zu sinken drohte. Dieser Dampfer war so riesig, dass wir dort unser Leben von A bis Z hätten verbringen können, so wie unsere Großeltern ihr Leben von A bis Z im selben Dorf verbracht haben, ohne jemals auf die Idee zu kommen, es zu verlassen. Zu Beginn der Überfahrt ahnte niemand etwas Böses. Sie wissen ja, wie die Leute sind: meistens zerstreut. Irma und ich hingegen hatten auf Anhieb Unheil gewittert. Unsere Mutter sagt, das liege an unserer Jugend und dass Mädchen in unserem Alter stets ihre Fühler ausstrecken, wobei »diese Fühler sie manchmal auch in die Irre führen«, wie sie stets hinzufügt, weil sie den Dingen gern auf den Grund geht. Doch als wir an Deck standen, haben wir wirklich etwas gespürt. Irma meinte: So eine Überfahrt ist und bleibt gefährlich. Und meine Antwort lautete in etwa: Dieses Schiff ist viel zu groß, geradezu maßlos, es wirkt fast gotteslästerlich. Man sollte nie eine Stadt oder ein Schloss bauen, die größer oder schöner sind als die der Herrschenden. Sonst nehmen sie Rache. Denk nur an Zeus. Oder an Ludwig XIV. Und dann betrachteten wir die Passagiere, die wie in einem Film vorbeidefilierten.

Bald befand sich das Schiff auf hoher See. Von der Küste war weit und breit nichts zu sehen, doch anstatt uns winzig zu erscheinen, wie eine Nussschale auf dieser gigantischen Wasserfläche, kam es uns auf schockierende Weise noch riesiger, noch ausladender vor. Als würde es den Ozean einige seiner Rechte berauben. Wir erwarteten keinen Schiffbruch, sondern ein Naturereignis, etwas, das vom Himmel auf uns niederstürzte, eine Wende herbeiführte. Dann begann das Wasser zu steigen. Es folgten Untergang, Panik, entsetzte Menschen, die sich lieber selbst töten wollten, als getötet zu werden, und ins Meer sprangen, andere, die alles und jeden, sogar ihre große Liebe zertrampelt hätten, um sich irgendwie zu retten, wieder andere, die beteten. Gottlob wussten meine Schwester und ich, dass wir uns in einem Traum befanden, und hatten daher nur wenig Angst. Allerdings sind wir uns beide in diesem Punkt einig, Irma und ich: Man darf niemals aus einem Traum herausgerissen werden, auch nicht durch einen Wecker, der um sechs Uhr früh mittendrin klingelt, denn das – so viel wissen wir jungen Mädchen dank unserer ausgestreckten Fühler – schadet der Gesundheit. Dann bleibt einem den ganzen Tag etwas im Körper stecken, etwas Spitzes, Schweres, Sperriges, das zu inneren Verletzungen führt. Man muss den Traum zu Ende bringen, selbst wenn dabei ein Schiff sinkt. Und wenn man danach bereitwillig aufwacht, weil der Traum beendet ist, ist man erquickt und energiegeladen, als hätte man richtig gut gearbeitet, einen schwer zu schreibenden Text fertiggestellt, überall gründlich aufgeräumt oder ein streikendes Auto repariert, das nun die Alleen entlanggleitet.

Wenn wir schließlich aus freien Stücken aufgewacht sind und in der Küche frühstücken, sagte Lottie, erzählen wir uns, was wir geträumt haben. Es soll Leute geben, die das langweilig finden, wir gehören nicht dazu. Ganz im Gegenteil, sagte Lottie, ich langweile mich gerade dann, wenn andere Dinge erzählen, die mit Traumberichten nichts zu tun haben. Ich liebe diesen Moment, wenn der Traum sich verflüchtigt, denn das ist bekanntlich Gesetz: Das Reden vertreibt ihn. Er fällt in sich zusammen wie ein Zirkuszelt, das abgebaut wird, er verblasst wie ein Spuk, er war gewaltig und fast nichts bleibt von ihm übrig: der Fetzen einer Szene, ein Detail des Hintergrunds. Ihnen ist bestimmt aufgefallen, sagte Lottie, dass er im Lauf des Tages irgendwann wieder auftaucht. Wenn Sie gegen sechs Uhr abends eine Lampe reparieren, sich mit einem Freund unterhalten, lesen oder in den Bus steigen, taucht der Traum schlagartig und vollständig wieder auf, nur für einen Augenblick, bevor er erneut verschwindet, diesmal für immer. Meine Schwester Irma und ich messen all diesen Dingen große Bedeutung bei.

Madame Gandi

In Paris, an einem kalten Abend Ende Oktober 1985, wurde mir zum ersten Mal voll bewusst, dass der Kampf mit meiner psychischen Störung – ein Kampf, der mich schon seit einigen Monaten in Anspruch nahm – tödlich ausgehen könnte. Und so wollte ich etwas dagegen unternehmen. Ich würde Madame Gandi aufsuchen, eine Empfehlung meines Freundes Luciano, der sie selbst ein paar Jahre lang konsultiert hatte, mit einigem Erfolg, wie er meinte. Ich machte einen Termin aus. Sie wohnte im obersten Stockwerk eines modernen Mietshauses und machte mir ganz präzise Angaben zu Hausnummer, Türcode und Etage. Der Zutritt zu diesem Gebäude, das von gleichartigen Gebäuden umgeben war, blieb mir dennoch verwehrt. Erst fand ich keinen Eingang, und als ich ihn schließlich doch entdeckt hatte, fand ich weder Aufzug noch Treppenhaus. Da ich es versäumt hatte, mein Adressbuch mit der Telefonnummer von Madame Gandi einzustecken, konnte ich sie nicht anrufen. Also ging ich voller Wut über meine Ohnmacht nach Hause und rief sie von dort aus an, um mich zu entschuldigen und einen neuen Termin zu vereinbaren.

Beim nächsten Mal schien mir alles anders zu sein. Ich fragte mich, ob ich auch an Gedächtnisstörungen litt. Davor war mir dieser ziemlich trostlose Grünstreifen vor dem Haus nicht aufgefallen, samt Minirutsche auf einem mickrigen Sandhaufen. Jetzt konnte ich die Eingangstür nicht öffnen. Vermutlich hatte man den Code erneuert. Anstatt Madame Gandi anzurufen, die ich nicht stören wollte, weil sie vor mir möglicherweise einen anderen Termin hatte, lehnte ich mich an die Rutsche und wartete eine Weile darauf, dass jemand das Mietshaus verließ oder betrat. Als nach zehn Minuten immer noch niemand herauskam oder hineinging, rief ich Madame Gandi schließlich doch an, und sie erklärte, sie komme mich holen. Bestimmt hielt sie mich für einen Tölpel, und damit lag sie nicht falsch.

Als sie im Hauseingang auftauchte, verriet mir ihr suchender Blick, dass sie es war, zu meiner großen Verblüffung erkannte ich in Madame Gandi jedoch meine Cousine Edwige wieder, von der ich bisher nicht wusste, dass sie inzwischen Gandi hieß (ich kannte sie unter dem Namen Bouchard) und dass sie diesem Metier nachging. Ich hatte nach und nach den Kontakt zu meinen Verwandten abgebrochen und erinnerte mich nur noch vage an eine Cousine namens Edwige Bouchard, wohnhaft in Bordeaux, ob allein oder mit einem Partner, wusste ich nicht, und tätig im Wirtschafts- oder Finanzsektor, von dem ich keine Ahnung habe.

Edwige hatte etwas zugenommen (unsere letzte Begegnung war gut zwanzig Jahre her), aber ihr eckiges Gesicht mit dem blonden Pony war unverkennbar. Ich ging mit diesem leicht einfältigen Lächeln auf sie zu, das übertriebene Wiedersehensfreude signalisiert, während sie zu meinem Befremden zurückhaltend blieb. Edwige!, rief ich und näherte mich ihr mit einem breiten Grinsen, das ist ja nicht zu fassen! Was für eine Überraschung! Sie lächelte mich an, machte aber keine Anstalten, mich zu umarmen oder in meine Überraschung einzustimmen. Ich dachte noch, dass sie sich sehr verändert hatte, denn ich erinnerte mich an ein recht spontanes und fröhliches junges Mädchen. Auf die paar Fragen, die ich ihr stellte – Was machst du hier? Bist du verheiratet? Hast du meinen Namen am Telefon nicht erkannt? –, antwortete sie nicht, sondern lächelte lediglich auf diese Weise, die mir ein wenig auf die Nerven geht, weil ich sie so oft bei Leuten gesehen habe, die auf »Nummer sicher« gehen wollen und mehr über ihr Gegenüber in Erfahrung zu bringen versuchen, bevor sie sich äußern. Damit fällt unser Termin wohl ins Wasser, sagte ich. Mit der eigenen Cousine dürfte so etwas nicht gehen, selbst wenn man sie lange nicht gesehen hat, oder? Doch, doch, sagte sie und machte damit zum ersten Mal den Mund auf, bevor sie sich umdrehte und mir voranging.

Ich folgte ihr. Im Aufzug erlaubte ich mir, etwas vertraulicher zu werden (immerhin war sie meine Cousine, als Kinder hatten wir miteinander gespielt): Redselig bist du nicht gerade! Wieder begnügte sie sich mit einem Sphinxlächeln. Ihr Parfum missfiel mir, aber Leute können sich nun mal ändern und für ein Parfum entscheiden, das ihnen nicht entspricht. Als wir die Wohnung betraten, kam mir der Gedanke, dass sie in Bordeaux bestimmt gut verdient hatte, in ihrem Wirtschafts- oder Finanzsektor, denn es handelte sich um eine Art Loft, sehr geräumig, elegant eingerichtet, mit diesen zeitgenössischen Möbeln und Gegenständen, die mir nicht gefallen, weil ich sie unpersönlich finde und ich nicht gern in einem unpersönlichen Umfeld leben würde, doch für ihre Arbeit, dachte ich, war es vielleicht besser.

Edwige Gandi sondierte zunächst das Terrain, und mir fiel sofort auf, wie geschickt sie es anstellte, mich weder zu duzen noch zu siezen. Ganz offensichtlich wollte sie unser Verhältnis und die Tatsache, ob sie mich erkannt hatte oder nicht, im Unklaren belassen. Sie kann mich unmöglich nicht erkannt haben, dachte ich, aber vielleicht ist ihr völlig schnurz, ob ich es bin oder ein anderer, vielleicht bedeutet ihr Verwandtschaft inzwischen genauso wenig wie mir. Ich folgerte, dass sie beschlossen hatte, ihr vertraute Menschen in Fremde zu verwandeln, und das erschien mir dann doch stark, ungewöhnlich und verwegen genug, um mein Interesse zu wecken.

Da sie weiterhin vorgab, mich nicht zu erkennen, ließ ich mich auf ihr Spiel ein und gab meinerseits vor, sie nicht mehr zu erkennen. Als ihr Bein zuckte (hübsche Beine!), ahnte ich, dass ihr das gefiel und genehm war. Prompt kamen mir erotische Vorstellungen (wegen der Zuckung ihres hübschen Beins? Oder wegen ihrer List, die etwas Erotisches an sich hatte?), und ich dachte, dass ich jederzeit aus dem Sessel springen könnte, den sie mir zugewiesen hatte, um mich auf sie zu stürzen und sie in ihrem Sessel zu bezwingen. Das ließ ich sein, denn ich habe mir doch ein gewisses Benehmen bewahrt.

Unser Spiel machte mir allmählich großen Spaß. Es kam mir viel lustiger und einfallsreicher vor, als wenn sie mir bei meinem ersten Zeichen des Wiedererkennens am Eingang geantwortet hätte: Guillaume! Nicht zu fassen! Wie ist es dir ergangen? Auf diese Weise spielten wir die Begegnung von zwei Menschen, die einander nicht kannten. Ich hielt mich daran. Mein Freund Luciano hat mir geraten, Sie aufzusuchen, sagte ich. Wie geht es Luciano?, fragte sie. Sehr gut, antwortete ich, mittlerweile dreht er Filme in Italien, er hat eine Freundin, er scheint glücklich zu sein. Ich hatte mich fürs Siezen entschieden, im Lauf unseres Gesprächs unterlief mir jedoch gelegentlich ein Du. Ich bin von Obsessionen geplagt, sagte ich ihr zum Beispiel, du weißt ja, wie das ist. Diese Bemerkung machte ich, weil ich mich daran erinnerte, dass Edwige mit fünfzehn von Katzen besessen war, die sie auf den Tod nicht leiden konnte. Sie hatte immer Angst gehabt, dass eine Katze sich durch die an Sommerabenden weit geöffnete Tür in das Landhaus unserer Großeltern geschlichen haben könnte, und so setzten mein Bruder Luc und ich alles daran, heimlich Katzen hereinzulassen, damit Edwige schrie und uns Ohrfeigen verpasste. Mir fiel wieder ein, wie ich es genossen hatte, von Edwige geschlagen zu werden, aber das erzählte ich ihr nicht.

Beim nächsten Mal fand ich den Eingang auf Anhieb. Sie hatte mir angeboten, wiederzukommen. Ich hatte das Angebot angenommen. Endlich etwas Lustiges und ein wenig Aufregendes in meinem Leben, das schon seit Monaten so elend war. Doch im Lauf unserer Treffen – es waren viele, zumindest in diesem Jahr – verlor ich ziemlich bald jedes Bewusstsein dafür, dass Edwige meine Cousine war. Eines Tages hatte ich sogar das Gefühl, dieser geheimnisvollen und hilfsbereiten Madame Gandi mit den wirklich hübschen Beinen und dem überaus zugewandten Lächeln noch nie zuvor begegnet zu sein.

Keine Spur von Sonne

Ich werde ein anderes, wunderliches Abenteuer erzählen ... Hermann und ich auf einer Landstraße unweit von Exeter (England), schlendernd, bummelnd, nach einem Mittagessen bei den Boswies, deren Cottage einem Puppenhaus gleicht. Unterwegs plötzlich ein großer Schatten auf dem Asphalt, der uns ein Stück vorausgeht, ein Schatten aus dem Nichts, denn der Himmel ist klar, blau, völlig wolkenlos. Bleiben wir stehen, tut der Schatten es auch, dann bewegt er sich ein wenig, als drehte er den Kopf, um unsere nächsten Schritte zu erraten, und sobald wir weitergehen, springt er voran. Es sind aber nicht unsere Körper, die diesen Schatten werfen, der im Übrigen nicht so geformt ist wie sie. Wir nehmen den Himmel in Augenschein, die Böschungen, wie man einen Stuhl anhebt oder eine Teppichecke, um eine Nadel zu finden, die man eben hat fallen lassen. Der Schatten scheint ironisch zu sein und die Arme über einem mächtigen Bauch zu verschränken, während er den Kopf nach hinten kippt und sich vor Lachen ausschüttet. Da taucht ein Mann auf, flitzt im engen, glänzenden Radlerdress auf seinem Fahrrad vorbei. Als er ein paar Meter von uns entfernt über den Schatten rollt, stürzt er auf einmal und fällt hin, während sein umgekipptes Rad über die Straße segelt und im Graben landet. Wir geleiten den verletzten Mann, dessen Ellbogen und Knie bluten, zum Cottage, wo Mrs. Boswie ihn in der Küche verarztet, seine Wunden desinfiziert und verbindet und ihm Tee zu trinken gibt. Er habe wirklich riesige Angst gehabt, sagt er. Mehr bringt er nicht über die Lippen, er stottert, wirkt vollkommen hilflos. Riesige Angst, wiederholt er. Warum er denn gestürzt sei, fragt Mr. Boswie. Wegen eines Schlaglochs? Einer rutschigen Stelle? Mr. Boswie ist erstaunt, denn als Bürgermeister des Dorfs kennt er seine Straßen, er weiß, dass die betreffende bestens instand gehalten wird. Ich weiß es nicht, sagt der Mann. Sind unsere Freunde vielleicht mitten auf der Straße gegangen, und Sie wollten einen Bogen um sie machen?, fragt Mrs. Boswie freundlich. Aber der Mann antwortet so wenig, dass sich einem die Frage aufdrängt, ob er genug Englisch versteht und möglicherweise Ausländer ist.

Hermann und ich erwähnen den Schatten mit keinem Wort, und den Rest des Tages verbringen wir damit, Mr. Boswie auf seinem Golfplatz hinterherzulaufen und dann in Exeter einen Teppich zu kaufen. Am nächsten Morgen sind wir aber natürlich neugierig, wir wollen uns diese Straße noch einmal ansehen, die Stelle, wo der Mann gestürzt ist. Zunächst ist alles unauffällig, bis auf einmal der Schatten wieder auftaucht. Er macht sich über uns lustig. So kommt es uns jedenfalls vor. Er ist kleiner als am Vortag, er hüpft auch mehr, und am Himmel, der nun vollkommen grau ist, zeigt sich keine Spur von Sonne.

My God!

Manchmal bin ich so traurig, dass es mir die Luft abschnürt, sagte Lottie zu mir. Wir waren bei ihr, in ihrer Wohnung, sie trug eine Art Kimono mit großen orangeroten Blüten, war weder geschminkt noch ordentlich frisiert, aber mir erscheint sie immer sehr hübsch. Warum?, fragte ich. Keine Ahnung, das ist seit Langem so, sagte Lottie. Schon in der Schule habe ich ganze Hefte mit dem Satz *I am so sad, I am so sad* gefüllt, genau wie bei einer Strafarbeit, wo man hundertmal denselben Satz schreiben muss. Aber du hast doch so viel Schönes erlebt, Lottie, sagte ich, das ist nicht jedem vergönnt. Deine Liebe zu Tony, die war doch etwas ganz Besonderes. Ja, sagte Lottie, aber ich habe Tony verloren, und zwar durch meine eigene Schuld. Das ist an sich schon unvergleichlich traurig, aber meine Traurigkeit geht noch weiter zurück. Als hätte ich etwas Tragisches gesehen. Als hätte ich etwas Tragisches miterlebt. Ich muss bei irgendwas Zeugin gewesen sein, sagte Lottie. Dann nahm sie sich eine Zigarette, schenkte uns zwei Gläser Wein ein, setzte sich auf die Fensterbank wie Audrey Hepburn in *Frühstück bei Tiffany*, und ich wartete.

Es kam aber nichts. Ich wusste nicht, ob ich sie befragen sollte oder nicht. Lottie ist so ein schräges Mädchen. Wir rauchten eine Weile schweigend, das Telefon klingelte, sie ging aber nicht ran, allmählich wurde mir die Abendluft etwas zu frisch. Ich frage mich immer noch, was ich wohl gesehen habe, wiederholte sie, es ist mir wirklich ein Rätsel. Und dann sagte sie, der Wein lasse zu wünschen übrig, dafür bitte sie um Entschuldigung, sie hätte für unseren gemeinsamen Abend einen besseren Tropfen auftreiben sollen.

Ich dachte, dass ich noch nie eine so schöne und anrührende junge Frau gesehen hatte wie Lottie in ihrem Fenster, sie mutete an wie ein Gemälde, ich sagte es ihr, sie zuckte die Schultern und lächelte. Sie beugte sich etwas vor, als suchte sie die Straße ab. Was gibt es da zu sehen?, fragte ich. Es ist, als würdest du auf etwas warten oder Ausschau halten. Ach, sagte Lottie, ich warte ja immer auf etwas, das mein Leben verändert, und zwar von Grund auf. Und was könnte das sein?, fragte ich. Die Rückkehr deiner großen Liebe? Sie drehte den Kopf und sah mich so erstaunt wie vorwurfsvoll an. Dann wandte sie sich wieder der Straße zu. Ja, sagte sie, aber das ist natürlich undenkbar.

Zum Abendessen hatte sie kaum etwas da. Saure Gurken, ein bisschen Schinken. Tatsächlich hatte sie in letzter Zeit stark abgenommen. Dafür habe ich Musik!, sagte sie mit ihrem Audrey-Hepburn-Lächeln und legte eine Platte auf.

Ich fand es ganz und gar verwerflich, dass jemand wie sie nicht vollkommen glücklich war. Wenn es auf der Welt eine Frau gab, die dafür gemacht war, dann sie. Es tut mir so leid, dass du nicht glücklich bist, sagte ich zu ihr, meiner Meinung nach bist du dafür gemacht. Sie blickte mich voller Zuneigung an. Du bist so lieb, sagte sie, und du hast vollkommen recht, ich bin dafür gemacht. Aber ich habe nun mal etwas gesehen, ungefähr so wie in *Plötzlich im letzten Sommer* von Mankiewicz. Gottlob bin ich nicht verrückt geworden, wie du siehst, habe ich die Bodenhaftung nicht verloren und verhalte mich völlig normal. Und trotzdem versinke ich manchmal in Traurigkeit, erstarre regelrecht, obwohl ich doch so gern tanzen und mit schönen Männern schlafen möchte, Typ Latin Lover, dunkle Haare, schön und strahlend. Und da lachten wir. Dunkle Haare, schön und strahlend?, fragte ich. Ja, mit schönen Dunkelhaarigen!, sagte sie und lachte.

Seit Tony mich verlassen hat, kann ich niemanden mehr lieben, sagte Lottie. Meine Libido lebt aber noch, zu Tonys Zeit war sie quicklebendig, damals hat sie geradezu verrückt gespielt. Und dann fing Lottie zu meinem Entsetzen an zu weinen. Reiß dich zusammen, Lottie, bitte, sagte ich. Tony war nun mal Tony. Es gibt doch noch andere Männer auf Erden. Eben nicht!, sagte sie. Es gibt nur einen einzigen Mann, und ich habe ihn verloren, durch meine eigene Schuld!

Wieder rauchten und tranken wir. Lottie raucht und trinkt viel mehr als ich, aber wenn ich einen Abend mit ihr verbringe, leiste ich ihr Gesellschaft. Moment mal, sagte ich, jetzt spinnst du wirklich. Du hast mir gesagt, dass deine Trennung von Tony schrecklich traurig war, deine wahre, tiefere Traurigkeit aber weiter zurückreicht, zu einem tragischen Ereignis, bei dem du dabei warst. Also hör auf, alles zu vermischen!

Stimmt, sagte Lottie, die sich allmählich wieder fing. Wenn du wüsstest, wie ich die Analysen und Psychoanalytiker satthabe. Im Grunde sind sie nichts als eine gigantische Zeitverschwendung. Die eigene Intuition arbeitet tausendmal schneller als sie. Sagen wir einfach, dass ich etwas Bestimmtes mit angesehen habe und seitdem alles Mögliche ausprobiere, um dem Abgrund, dem Sog dieser tragischen Begebenheit zu entkommen, dass es in der Regel hervorragend klappt, nur hat Tonys Flucht das ganze Gefüge durcheinandergebracht, die tragische Begebenheit wieder aufleben lassen, kurzum in meinem Gefühlsleben ein gewisses Chaos angerichtet.

Okay, sagte ich zu Lottie. Du durchschaust doch alles. Also brauchst du dir keine Sorgen zu machen. Irgendwann wird Tonys Flucht dir nicht mehr so viel Kummer bereiten, wird dir die tragische Begebenheit nicht wieder in Erinnerung rufen. Hab einfach Geduld, meine Schöne. Geduld und nochmal Geduld. Und dann rauchten wir, tranken wir weiter, es war zwei Uhr morgens, sie saß immer noch im Fenster, war aber weniger aufgeregt, ihr Schmerz hatte nachgelassen. My God!, sagte sie, verzeih mir, ich bin ja so dumm. Und ich ließ sie etwas beruhigt allein.

Ein kleiner Fehler

Bereits Angefangenes fortzusetzen ist leicht, Neues zu erfinden ist schwer und nach so vielen Erfindungen fast unmöglich, doch was man fortsetzt, macht nicht zwangsläufig Fortschritte, sagte Henry, ausgestreckt auf einem Liegestuhl unter dem Gartenbirnbaum, der seit hundert Jahren nur steinharte grüne oder überreife Birnen hervorbringt. Solche Dinge gibt Henry manchmal in einem Zug von sich, und dann wirken sie wie das Ergebnis langer Überlegungen, die er im Lauf seiner Arbeit angestellt hat. Was er sagt, ist in der Regel richtig und kraftvoll, wenn auch immer etwas zu abstrakt für meinen Geschmack, denn ich mag nur Anschauliches und Lebendiges und kann im Grunde nichts anderes begreifen, unvermittelte Sätze wie diese gewähren jedoch Einblick in den Charakter, das Denken, die gegenwärtige Lebensphase eines Menschen.

Henry ist seit fünfunddreißig Jahren mein bester Freund. Wenn ich ihn mit seinem Strohhut, dem Hemd mit Umschlagärmeln und Manschettenknöpfen, der langen Hose aus beigem Leinen und den Lederschuhen mitten im August im Liegestuhl lesen sehe, muss ich natürlich an Duncan Grant, Maynard Keynes oder Lytton Strachey denken, weil diese Bloomsbury-Gestalten Leute wie mich nachhaltig beeindruckt haben. Allerdings kann die Kleidung, die er gewöhnlich trägt und die mit einer gewissen

Missachtung körperlichen Wohlbehagens einhergeht – einer mir sehr vertrauten Missachtung, denn sie zeichnete meinen Vater und dessen Generation aus –, gelegentlich einer anderen weichen, etwa einer Kombination aus Jeans und fester Jacke über einem engen Leinenblouson, gekrönt vom unverzichtbaren Hut, mal braun, mal grau oder schwarz, erstanden in einem Londoner Gässchen, das ich nur zu gut kenne, nach einer langen, von Scherzen und Bonmots durchsetzten Diskussion mit dem Verkäufer, der aussieht wie ein Bischof, und ihm einen anderen Stil verleihen, der im Grunde doch der gleiche ist. Dass Henry im Jahr 2018 wie schon 1983 im Nachthemd schläft, statt Hausschuhen oder Pantoffeln nur alte Espadrilles trägt und bei Kälte noch einen rauen nachtblauen Seemannspulli mit Löchern am Ellbogen über das Nachthemd zieht, hat mir schon immer gefallen. Es ist, als hätte ich keinen besten Freund haben können, der sich anders kleidete.

Die Rolle der Kleidung im Leben eines Mannes (oder einer Frau) ist hochinteressant, und ich habe mich immer gefragt, warum sie meines Wissens kein Schriftsteller angemessen dargestellt hat. Ich halte es für ausgesprochen schwierig, denn ich habe mich selbst aus Neugier daran versucht und bin zu dem Schluss gekommen, dass Kleidung so unbeschreibbar ist wie Gesichter. Selbst wenn Sie über den kompletten Wortschatz für Material, Schnitt und Farbe verfügen, können Sie ein Kleidungsstück niemals so beschreiben, wie es Ihnen bei einer Landschaft oder einem Interieur glückt. Möglicherweise lässt sich nur ein totes Gesicht beschreiben, sagte ich zu Henry, als wir unter dem Baum mit den immer zu grünen oder überreifen Birnchen plauderten, er in einem Liegestuhl aus gestreiftem Leinen, ich in einem Rattansessel. Für die Kleidung habe ich aber keinerlei Erklärung. Sogar wenn Proust die Garderobe der Herzogin von Guermantes beschreibt, hat man sie nicht vor Augen. Und so wollten wir herausfinden, in welchen Romanen Kleidung richtig anschaulich gemacht wurde. Vielleicht verweisen die Wörter, mit denen Kleidungsstücke bezeichnet werden, allzu sehr, allzu schnell auf jene, die wir aus unserer Kindheit kennen, sagte ich zu Henry. So wirst du, wenn das Wort »Mantel« fällt, nur einen einzigen vor Augen haben: den Mantel, den deine Mutter trug, als du zwei oder drei Jahre alt warst. Vielleicht werden wir als Kinder durch die Kleidung unserer Eltern besonders stark geprägt, sagte ich zu Henry, vielleicht handelt es sich um eine Prägung von ungeheurem Ausmaß, die noch nicht hinlänglich erkannt und erforscht wurde.

Danach redeten wir über meine Leidenschaft für Kleidung und verrückten dabei unsere Sitzgelegenheiten unter dem Birnbaum und den Birken, um dem Schatten ihres Laubdachs zu folgen, und ich sagte zu Henry, dass die Auswahl meiner Kleidung, die mir so wichtig war und gelegentlich als gelungen gelten konnte, meines Erachtens in Wahrheit immer einen Fehler oder Makel aufwies. Das treffe übrigens auf fast alles in meinem Leben zu, mit Ausnahme unserer Freundschaft, sagte ich zu Henry. Die Freundschaft, die ich dir entgegenbringe, zählt zu den wenigen Dingen in meinem Leben, in denen sich nicht ein kleiner Fehler findet, die nicht mit dem kleinsten Makel behaftet sind, jener leichten Verzerrung oder merkwürdigen Fehlleistung, die in der Regel jede meiner Gesten und Taten und sogar meine Bücher kennzeichnet.

Da es im Garten allmählich etwas frisch wurde, klappten wir unsere Sitzgelegenheiten zusammen, räumten sie in den Keller und gingen nach oben, um das Abendessen zuzubereiten.

Querfeldein

Es war Charles, der uns Parasiten nannte. Wie er es sagte, kam überraschend und plötzlich. Das brachte uns gleich, mich jedenfalls, in schreckliche Verlegenheit, und ich schlug Robert vor, umgehend dieses Haus zu verlassen, wohin man uns für fünf Tage eingeladen hatte und in dem wir eigentlich noch zwei Tage länger bleiben wollten, weil es infolge eines Streiks Zugprobleme gab. Nachdem wir erfahren hatten, dass am Montag und Dienstag keine Züge mehr fahren würden oder höchstens einer von dreien, aber auch das ohne Gewähr, und dass der dann ohnehin überfüllt wäre, informierten wir Charles und baten ihn für die Unannehmlichkeiten, die unsere etwas verzögerte Abreise ihm bereiten würde, um Entschuldigung, worauf er sehr freundschaftlich reagierte, es mache ihm doch nichts aus, und natürlich könnten wir zwei Tage länger bleiben, sogar drei oder vier. Das hatte er allerdings beim Frühstück gesagt. Vom Mittagessen an erschien er mir einen Tick weniger liebenswürdig, einen Tick weniger aufgeschlossen als sonst, und als ich Robert beunruhigt darauf ansprach, antwortete er: Meinst du? Er wird nur ein bisschen müde gewesen sein oder in Gedanken woanders. Er hat doch darauf bestanden, dass wir bleiben, oder etwa nicht? Also mach dir keine Sorgen.

Nachmittags war Charles beschäftigt, das kam manchmal vor, aber nur selten, wenn wir bei ihm eine Woche Urlaub machten.

Mit Robert und Jeanne, einer weiteren Freundin, die für ein paar Tage in Charles' Haus zu Gast war, hatte ich einen Spaziergang am Fluss unternommen, aber wir waren ziemlich bald heimgekehrt, weil das Wetter sich verschlechterte, der Himmel grau und die Luft kühler wurde, ehe es anfing zu regnen.

Im Lauf des Abendessens kam es dann zum Wortgefecht zwischen Charles und Robert, zunächst mit stumpfem Florett, danach zusehends aggressiver. Charles war in dieser sarkastischen Stimmung, die mir an ihm missfiel, denn man wusste nie, ob er scherzte oder nicht, sodass Robert, der gesprächig und voller Geschichten, die er zum Besten geben wollte, zum Abendessen erschienen war, bei unserem Freund, der sich normalerweise mit Vergnügen austauschte, auf eine eigentümliche Verfassung gestoßen war, so ironisch wie feindselig. Wenn Robert etwas Neues entdeckt hat, wenn ihm etwas Unerhörtes eingefallen ist, lässt er sich derart von seiner Begeisterung mitreißen, dass er oft gar nicht merkt, wie die anderen gestimmt sind. Er will sie mit seiner Freude anstecken und übersieht dabei die Signale von Distanz, Desinteresse oder sogar Gereiztheit, die von seinem Umfeld ausgehen. Ich bemühte mich, die Atmosphäre zu lockern, Jeanne ebenfalls, indem wir das Thema wechselten, ich mich Charles voller Herzlichkeit zuwandte, aber vergebens. Robert sprühte weiter vor Begeisterung, ohne Augen und Ohren für das, was eigentlich vor sich ging, Charles steigerte sich in seine Wut hinein, die immer schrillere Züge annahm, bis er schließlich sagte: Ihr seid Parasiten, du und Ariane. Robert, schon immer etwas taub, glaubte, sich verhört zu haben. Lächelnd fragte er: Was hast du gesagt? Charles wiederholte es nicht, stand jedoch unvermittelt auf, schleuderte seine Serviette auf den Tisch und stapfte aus dem Esszimmer.

Jeanne sagte mit schwacher Stimme: Ich weiß nicht, warum, aber Charles erinnert mich immer an Renny Whiteoak aus der *Jalna*-Saga. Sie hielt ein paar Sekunden inne, bevor sie die bestürzte Stille, die sich im Esszimmer ausgebreitet hatte, durch diese wie im Selbstgespräch vor sich hingemurmelten Worte unterbrach: Oder an Heathcliff ... Was uns jedoch kaum weiterhalf. Robert machte große Augen. Was ist los? Habe ich etwas Falsches gesagt?, fragte er, an mich gewandt. Aber nein, du hast nur nicht bemerkt, dass er verärgert war, antwortete ich.

Parasiten? Was für ein hartes Wort. Und ich war eindeutig mit gemeint. Er hatte ja gesagt: Ihr seid Parasiten, du und Ariane. Was hatten wir ihm denn getan, vermutlich vor langer Zeit und seither in ihm gärend, damit aus einer innigen Freundschaft – hatte er uns nicht eingeladen, ein paar Tage bei ihm zu verbringen? Waren die ersten Tage nicht herrlich gewesen? – dieses böse Wort hervorbricht, das fast schon eine Beleidigung war?

Gleich abzureisen war jedoch schwierig. Wir hatten kein Auto, es gab hier nur das von Charles, der uns bei der Ankunft am Bahnhof abgeholt hatte, und dieser Bahnhof war etwa zehn Kilometer entfernt. Lass uns zu Fuß hingehen!, schlug Robert vor. Sollen wir ein Taxi bestellen?, fragte ich. Robert wollte aber zu Fuß gehen und ich im Grunde auch, denn dieses verstiegene Unterfangen – noch dazu, dass wir unser Gepäck selbst würden tragen müssen, Robert lehnte Rollkoffer ab, er fand sie scheußlich – könnte in gewisser Hinsicht als Ausgleich für den nicht minder verstiegenen Affront dienen. Und so verließen wir am nächsten Morgen gegen acht das Haus, brachten den Kies im Garten zum Knirschen, Robert durch eine ziemlich schwere, mit Büchern vollgestopfte Ledertasche, ich durch eine leichtere Tasche aus Segeltuch, die dennoch gut gefüllt war, denn ich hatte Kleidung für heiße und regnerische Tage vorgesehen, für mögliche Einladungen bei Nachbarn und für Spaziergänge. Um Zeit zu sparen, wollte Robert lieber querfeldein gehen, als der Straße zu folgen.

Charles haben wir nie wiedergesehen, und auch Jeanne nicht, die ihn im folgenden Sommer heiratete. Erzählungen oder Romane enden oft mit einer Form von Erklärung, damit die Geschichte leicht zu schlucken und zu verdauen ist. Das ist im Leben nicht immer der Fall. Da passiert etwas Schreckliches und Unerwartetes, was sich bestimmt psychologisch erklären ließe, aber weder Robert noch ich sind große Psychologen. Für ihn kann ich nicht sprechen, doch was mich angeht, so hatte ich bei Brüchen schon immer das Gefühl, dass sie vom Himmel kommen, wie vom Schicksal beschlossen, das unentwegt am Teppich unseres Lebens wirkt. Und bisher wurde dieser Eindruck kein einziges Mal widerlegt.

Vor fünfzehn Jahren in London

Wer? Ein blasses Gesicht inmitten schwerer duftender Pelze. Kaum hat sie den Saal betreten, wo gleich ein Film gezeigt werden soll, kreuzt ihr Blick den meinen. Sie plaudert mit Freunden, blickt sich aber mehrmals nach mir um. Ich überlege, ob wir uns schon begegnet sind, ich kann mich nicht entsinnen, diese junge Frau, die höchstens zwanzig ist und eine Art Mantel aus den dreißiger Jahren trägt, jemals gesehen zu haben. Vor Beginn der Vorführung kommt sie auf mich zu, festen Schrittes und mit der Kopfhaltung einer Königin, wie ich finde. Ich bin Ethel Clark, sagt sie, die Tochter von Meagan Clark, ich bin Ihnen bei meinen Eltern in London begegnet, vor etwa fünfzehn Jahren, aber wie Sie sehen, habe ich Sie nicht vergessen. Und sie lächelte.

Offen gesagt habe ich nicht die geringste Erinnerung an eine Meagan Clark, selbst wenn mir der Name vage vertraut erscheint. Tatsächlich war ich vor etwa fünfzehn Jahren drei Monate lang in London, allerdings in seltsamer Verfassung. Ich war dort sehr einsam, hatte nichts Bestimmtes vor und verbrachte meine Zeit vor allem damit, mit dem Bus in der Stadt umherzufahren. Bevor ich Paris verließ, hatte ich von Freunden die Adressen ihrer Freunde in London erhalten, doch ohne sie zu nutzen. Ich hatte bei einer alten Dame in Bayswater ein Zimmer gefunden und weder meiner Familie noch meinen Freunden die Anschrift gegeben, ich hatte mich entschieden, drei Monate in London zu verbringen, weil ich Französisch satthatte, ich hatte es satt, Französisch zu sprechen. Ich wollte irgendwo sein, wo meine Sprache nicht gesprochen wurde.

Diese drei Monate waren die sinnloseste Erfahrung meines Lebens gewesen. Nichts hatte mein Gefallen geweckt, mein Interesse oder meine Begeisterung. Vielleicht durchlebte ich damals eine Art Depression? Ich weiß es nicht. Die alte Dame aus Bayswater war möglicherweise ein wenig um mich besorgt, denn sie schickte mich für ein Wochenende zu ihren Freunden aufs Land. Die hübsche Ethel mit ihrem Kragen aus hellem Pelz, der so luftig-leicht schien wie Schlagsahne, rief eine flüchtige Erinnerung wach: Ich hatte in London eine Einladung zum Mittagessen wahrgenommen, bei einem jungen Paar mit zwei oder drei kleinen Kindern, auch wenn mir komplett entfallen war, woher ich diese Leute kannte. Vielleicht war meine Gastgeberin also tatsächlich Meagan Clark gewesen? Ethels Mutter? Sie hatte mich mit ihrer Fähigkeit beeindruckt, binnen zehn Minuten ein Essen zuzubereiten. Binnen zehn Minuten hatte sie – unablässig mit mir redend – ein Gericht aus Fleisch und Gemüse aufgesetzt, das sie ständig mit Saft oder vielleicht auch Soße begoss, im Handumdrehen eine Apfeltarte gezaubert, den Tisch gedeckt und – weil ich damals ständig vor Kälte zitterte, so auch in diesem kaum beheizten Haus – »Have a bath!« gerufen, mich in den ersten Stock geschleppt, die Badezimmertür aufgerissen, mir Handtücher gegeben und ein dampfendes Bad eingelassen. Meagan war mir überaus sympathisch erschienen, und ich blieb bestimmt eine Stunde in diesem kochend heißen Bad, während ein kleines Mädchen – war es Ethel? – auf der Treppe saß und Selbstgespräche führte, in einem Englisch, das ich überhaupt nicht verstand.

Wissen Sie noch, ob ich in Ihrem Haus ein Bad genommen habe, obwohl wir uns gar nicht kannten?, frage ich Ethel. Sie ist offenbar verblüfft und versucht, sich zu erinnern. Nein, antwortet sie, ich weiß nur, dass Sie mich sehr beeindruckt haben, weil Sie Französin waren, kein Wort von dem verstanden, was wir zu Ihnen sagten, und ein ganz wirres Englisch sprachen. Nein, ich glaube nicht, dass Sie bei uns gebadet haben. Ihre Handtasche habe ich ganz klar vor Augen, mit einem Verschluss aus Kupfer oder Messing, und meine Mutter fand sie sehr hübsch. Sie hat Sie gefragt, ob sie sich die Tasche ansehen und den Verschluss öffnen darf, und ich weiß noch, dass nichts drin war. Sie sagten, Sie hätten die Tasche gestohlen, aber meine Mutter hat uns erklärt, das sei nicht der richtige Ausdruck, natürlich hätten Sie die Tasche gekauft, würden jedoch im Englischen die Wörter »stehlen« und »kaufen« verwechseln.

Da kommt mir der Gedanke, dass Ethel mich ihrerseits mit jemand anderem verwechselt, denn nie habe ich eine gestohlene Handtasche mit einem Verschluss aus Kupfer oder Messing besessen. Das behalte ich aber für mich. Warum muss man immerzu auf die Wahrheit pochen? Und auf welche Wahrheit eigentlich? Sie haben sich nicht verändert, sagt Ethel höchst liebenswürdig. Ein ganz klein wenig, natürlich, aber wirklich kaum. Und Sie auch nicht, Ethel, sage ich. Natürlich sind Sie inzwischen eine junge Frau, ich finde Sie bezaubernd in diesem Mantel mit dem Pelzkragen, bitte richten Sie Ihrer Mutter einen herzlichen Gruß aus.

Und so begegnen wir einander auf Erden und haben mitunter den Eindruck, wir wären uns schon mal begegnet – was übrigens recht oft zu Freundschaften und Liebesbeziehungen führt, vor allem zu Liebesbeziehungen –, obwohl das keineswegs der Fall ist.

Oder wir sind uns in einer Art Zeitfalte begegnet, als wäre die Zeit eine riesige, über ein gigantisches Bett gebreitete Decke und würde hier und da Wellen, Wölbungen, obskure Tunnel bilden, in denen Tausende unserer Alltagserfahrungen stecken und überdauern, mitsamt ihren Gegenständen. Es würde mich kein bisschen überraschen, eines Tages, und zwar bald, auf die Handtasche mit einem Verschluss aus Kupfer oder Messing zu stoßen, ob in einem Trödelladen oder bei einem privaten Flohmarkt in einer Stadt, in der ich noch nie gewesen bin. Dann werde ich ein Foto machen und es Ethel schicken, und Ethel wird mir sagen: Aber ja, das ist haargenau die Tasche, die Sie vor fünfzehn Jahren in London dabei hatten, ich erkenne sie wieder.

Selbst Schluss machen

Es war schon dunkel, als ich am Bonner Bahnhof ankam. Nach dreißig Jahren würde ich Selma wiedersehen, die in unserer Jugend meine beste Freundin gewesen war. Unsere Freundschaft hatte sich aufgelöst wie viele andere, ohne besonderen Grund, weil unsere Wege sich irgendwann trennten. Ich begann zu schreiben, Selma hatte sich in einen deutschen Musiker verliebt, und während wir zwischen siebzehn und zweiundzwanzig lauter gemeinsame oder zumindest sehr ähnliche Neigungen und Interessen hatten, widmete sie sich dann zunehmend ihren ureigenen Vorlieben, der Musik, Mystik und Philosophie, und ich meiner, der Literatur. Der Bruch war dennoch etwas abrupt erfolgt und von Selma ausgegangen. Wir hatten uns in einem Pariser Café getroffen, wo sie mir mitteilte, sie habe sich entschieden, mit mir Schluss zu machen und ihren eigenen Weg zu gehen. Danach scheine ich sie vergessen zu haben, so, wie sie vermutlich mich vergaß, auch wenn ich später bei unserem Wiedersehen erfahren sollte, dass ihr dieser etwas abrupte Bruch leidgetan und sie befürchtet hatte, mich zutiefst verletzt zu haben.

In meiner Erinnerung war Selma ein Mädchen, das eines Tages mit einem riesigen Feldblumenstrauß aus dem Zug stieg, um die Ferien bei meinen Großeltern zu verbringen. Ich erinnerte mich auch daran, wie sie zum Spaß einen schüchternen Jungen quälte, der in sie verliebt war, indem sie seine Leidenschaft bis zum Gehtnichtmehr schürte, ohne ihm am Ende das Geringste zu gewähren. Ein anderes Mal, da war sie selbst verliebt, füllte sie den Briefkasten des Mannes, den sie begehrte, ohne zu wissen, wie sie sich ihm nähern sollte, mit Rosenblütenblättern. Ich erinnerte mich, dass sie mit Begeisterung Nietzsche las, dass ihr Vater Pfarrer und ihre Haltung so unbedingt war, dass meine eigene dagegen halbherzig anmutete. Außerdem fiel mir noch ein, wie ausufernd wir korrespondierten, sobald wir getrennt waren, und wie endlos wir uns unterhielten, kaum dass wir uns wiedersahen. Manchmal verband uns etwas recht Eigenartiges: eine gewisse Grausamkeit.

Als ich eines Tages bei Google nach Spuren einiger Freunde von früher suchte, gab ich ihren Namen ein und fand heraus, dass sie in Bonn lebte und dort Ikonen verkaufte. Ich schrieb an die angegebene Mailadresse, vorsichtig, fragte die Adressatin, ob sie wirklich jene Selma sei, die ich einst gekannt hatte, wobei ich mir wegen ihres sehr außergewöhnlichen Familiennamens dessen ziemlich sicher war. Sie antwortete umgehend, es folgte ein ungestümer Austausch langer Mails, um biografische Neuigkeiten mitzuteilen, Missverständnisse aufzuklären, Todesfälle bekanntzugeben (meinerseits), Geburten (ihrerseits), von Liebesbeziehungen und Arbeitsverhältnissen zu erzählen. Und da fiel der Entschluss, uns wiederzusehen. Ich würde nach Bonn fahren, ich würde mich zu ihr aufmachen, da ich den Wunsch gehegt hatte, sie wiederzufinden.

Als ich aus dem Zug stieg, erwartete mich Selma am Bahnsteig, mit einem riesigen Strauß, diesmal waren es keine Feldblumen, sondern Rosen. Und mir fiel gleich auf, dass sie sich kein bisschen verändert hatte. Dreißig Lebensjahre voller unterschiedlichster

Erfahrungen, Freud und Leid, Freundschaft und Liebe, Reisen, Arbeit und in ihrem Fall auch Mutterschaft, waren derart spurlos an der blutjungen Frau vorbeigegangen, die ich einst gekannt hatte, dass es mir fast unangenehm war. Sie wollte mich sofort zu einem Strand am Ufer des Rheins führen, an den sie sich gern setzte, um auf den Fluss zu schauen. Ich fand es sehr nett, dass sie mich so unmittelbar an einer ihrer Freuden teilhaben lassen wollte, aber ich war müde von der Reise und dem Gefühlsüberschwang angesichts unseres Treffens. Es war dunkel, ich wäre lieber mit ihr nach Hause gegangen, um mich vor dem Abendessen ein wenig auszuruhen. Dieses Bedürfnis nach Ruhe und einem gemächlichen Tempo zeigten unzweifelhaft mein Älterwerden an, während Selma, ganz wie früher, wie wir beide vor dreißig Jahren, auf Ruhe und Gemächlichkeit nicht den geringsten Wert legte. Sie war so feurig, lebhaft, einfallsreich, beweglich wie eh und je. Dafür bewunderte ich sie und stellte fest (aber das wusste ich schon lange), dass es mir keinerlei Spaß mehr machte, spontan zu sein, mich abends an einen zu kühlen Strand zu setzen, Bier aus der Flasche zu trinken und mich unter dem Sternenhimmel mit einer Freundin zu unterhalten.

Selma hatte sich nicht nur äußerlich kein bisschen verändert, mit ihrem scharlachroten Lippenstift, dem Ledermantel und blonden Haar, sie hatte sich auch ihre Wesensart bewahrt, ihre Sprechweise, die Art zu kommunizieren, ihr Lachen. Dabei war die Tochter, die sie allein großgezogen hatte, bereits fünfundzwanzig, und ihr Leben war nicht ohne Schwierigkeiten verlaufen, wovon sie mir ein wenig erzählte, aber auch von beglückenden Momenten, die ich nicht recht einordnen konnte. Als sie mich in ihre Wohnung führte, war ich zugleich verzaubert, befremdet und verstört. Diese Wohnung, in der sie allein lebte, war riesig, erstreckte sich über zwei Etagen, verfügte über eine geräumige Terrasse, vielerlei Möbel und faszinierende Gegenstände, die zum Teil aus ihrer Familie stammten (so erkannte ich ein Schlittenbett aus ihrem Elternhaus wieder), und andere, die sie sicher selbst gekauft hatte (ich kannte ihren sehr stilsicheren Geschmack), außerdem waren überall Regale, Bücher und Vasen mit frischen oder welken Rosen … und es herrschte ein unbeschreibliches Durcheinander. Auf einem Tisch mit einer schönen Stoffdecke voller Flecken beschwörten schmutzige Teller und umgekippte Stielgläser den Morgen nach einem trinkseligen Fest herauf, nur dass diese Gläser, Teller und die Tischdecke nicht erst seit zwölf oder vierundzwanzig Stunden hier vergessen schienen, sondern seit etlichen Wochen. In ihrer Küche quoll ein Haufen Servierschüsseln, Töpfe, Gläser, Teller und Besteck aus dem Spülbecken auf die umliegenden Flächen über, wie in einem Märchen, in dem die Zeit stehengeblieben und alles jäh erstarrt war, in magischen Schlaf versunken. Selma störte sich offenbar nicht an dieser Unordnung. Sie gab dafür keine Erklärung. Ich begriff, dass das ihre Welt war, dass sie schon lange darin lebte, dass ihr nicht bewusst war, wie seltsam diese auf Besuch wirkte, vermutlich bekam sie nur selten welchen.

Davon abgesehen machte sie keinen verwirrten Eindruck, weder durch ihr Verhalten noch durch ihre Worte. Sie klärte ein paar Dinge am Telefon, sprach mal Deutsch, mal Englisch, immer fließend, zeigte mir Fotos von ihrer Tochter, die im Ausland studierte, holte Bücher hervor, die wir in unserer Jugend gemeinsam gelesen hatten, und führte mich zum Essen in ihr Lieblingsrestaurant. Als wir in die Wohnung zurückkehrten, fiel mir vor allem auf, dass Selma Dinge zu horten schien, was sie früher meines Wissens nicht getan hatte: An ihrer Garderobe hingen zehn Mäntel, auf einem der großen Tische im Wohnzimmer stapelten sich Aktenmappen und Papiere, ihre Terrasse war mit Pflanzen verstellt, und im Bad, das ich vor dem Schlafengehen in einem Zimmer meiner Wahl – es standen vier zur Verfügung – kurz aufsuchte, befanden sich gut fünfzig Flakons, Tiegel, Shampoos, Cremes und Seifen. Selma haust so, als wäre sie allein zu acht oder zu zehnt, dachte ich. Und auch wenn diese Anhäufung von Dingen und das allgegenwärtige Durcheinander mir sehr ungewöhnlich erschienen, wollte ich beides weiterhin für eine beherzte, dynamische Art von Freiheit halten, von Unbeschwertheit und Jugend, insgeheim verglich ich sie mit meiner Lebensweise, die inzwischen so geregelt, so ordentlich und von einer Fülle eingefleischter Gewohnheiten bestimmt war, dass meine Freunde manchmal darüber lachten.

Und dann war von einem Mann die Rede. Einem reichen, mächtigen Mann, mit dem Selma spielte, wie früher mit dem schüchternen Jungen, den sie spaßeshalber in den Liebeswahnsinn getrieben hatte, um ihn dann brüsk zurückzuweisen. Diese Form von Beharrlichkeit über Jahrzehnte hinweg fand ich merkwürdig. Hatte Selma denn nie das Bedürfnis nach Liebe und Zärtlichkeit verspürt, wie ich, wie jeder Mensch? War sie in diesem sadistischen Teufelskreis gefangen, oder verharrte sie darin, weil ihr sonst nichts Lust verschaffte? Ich stellte fest, dass das, was sich bei ihr ausgeprägt hatte, nicht mit dem übereinstimmte, was ich früher an ihr besonders schätzte. Außerdem hatte sie so eine Art, die dreißig Jahre, die seit unserer letzten Begegnung verstrichen waren, zu leugnen, einfach wegzuwischen, indem sie an unsere früheren Gespräche anknüpfte, die für mich praktisch keinen Sinn mehr ergaben, Diskussionen, Fragen, auf die ich im Lauf der

Zeit meine eigenen Antworten gefunden hatte und die mich nun in eine gewisse Verwirrung stürzten, was mir gar nicht gefiel. Ich fühlte eine wachsende Entfremdung. Mein Besuch sollte drei Tage dauern, schon am zweiten wäre ich am liebsten wieder abgereist. Ich bewunderte nach wie vor den Freigeist, den sie schon immer an den Tag gelegt hatte, dieses eigenständige Denken, das mir so lieb gewesen war und uns zu allerbesten Freundinnen werden ließ, dieses so entschiedene und schallende Lachen, mit dem sie jede Form von Dummheit, Gewöhnlichkeit oder Verlogenheit quittierte. Doch der Abstand, der sich allmählich bemerkbar machte, als wir zweiundzwanzig waren, wie zwischen beiden Schenkeln eines aufgestützten Zirkels, war in meinen Augen inzwischen so groß geworden, dass uns im Grunde fast nichts mehr verband, abgesehen von dieser intensiven Begegnung mit siebzehn.

Als ich nach Paris zurückgekehrt war, wollte sie unseren Austausch noch ein wenig fortsetzen, ich nicht, wie ich ihr mitteilte, ich erklärte auch, warum. Ich schloss die Tür, so sanft es nur ging. Sie unternahm nie den Versuch, sie wieder zu öffnen. Da fragte ich mich, ob der Bruch, den sie vollzog, als wir zweiundzwanzig waren, mich nicht doch viel härter getroffen hatte als gedacht und ob ich sie dreißig Jahre später nur deswegen aufsuchte, um selbst Schluss zu machen.

Wenn ein naher Angehöriger stirbt

Ein Mann und eine Frau saßen eines späten Nachmittags auf einer rustikalen Bank. Zunächst hielt ich sie für die Figuren in Becketts *Erste Liebe*, denn so begann das Buch, meinte ich mich zu erinnern, mit einem Mann und einer Frau auf einer Bank, die in meiner Vorstellung aus unerfindlichen Gründen stets am Ufer der Île Saint-Louis in Paris steht. Dachte ich an Beckett, dachte ich im Grunde immer an drei Dinge: an die Bewegung der Steine in *Molloy*, an die Bank in *Erste Liebe* und an Becketts Tod, von dem ich in einem Café in Fontainebleau erfuhr, durch das Fernsehen, als ich gerade in einem verworrenen Liebesverhältnis steckte, ein Mann wollte mich seiner Ehefrau vorstellen, und ich hatte nicht die geringste Lust, diese Frau zu treffen, weil ich ihr nicht das Geringste zu sagen hatte. Zum Glück, wenn ich so sagen darf, starb Beckett, genau im richtigen Augenblick, just in diesem Augenblick. Und das machte mich so traurig – tatsächlich hatte ich, als ich von Becketts Tod erfuhr, das Gefühl, eine der letzten Leuchten auf Erden wäre erloschen –, dass meine verworrene Liebesbeziehung in den Hintergrund trat und sie mich überhaupt nicht mehr interessierte. Dank Becketts Tod konnte ich mich auf dieses kühne Unterfangen einlassen, das darin bestand, uns an einem Tisch zu versammeln: der Mann, den ich liebte, seine Ehefrau, der er mich vorstellen wollte, und ich, auch wenn ich gar nicht verstand, worauf das Ganze abzielte. Ich vermute, dass er seine Frau gewissermaßen um Erlaubnis bitten wollte, mich zu lieben, oder so etwas in der Art. Und dass er mich vorzeigen wollte, damit sie begriff, wie sehr seine Liebe gerechtfertigt war, wie sehr man mich lieben musste, wenn man mich sah, sogar sie. Damals war mir das nicht klar, aber jetzt glaube ich, dass dieser Mann von einem ungeheuren Liebesstrudel erfasst worden war.

Oder wollte er unbedingt alles mit seiner Frau teilen? Nicht in körperlicher Hinsicht, scheint mir, denn es ging wohl kaum um eine sexuelle Dreierbeziehung. Aber vielleicht lag auch das in der Luft. So oder so wusste die Frau besser als ich, warum wir uns auf so abenteuerliche Weise trafen, um im Restaurant zu Abend zu essen: der Mann, der mich liebte und ihr Ehemann war, sie und ich. Wir waren in diesem Café verabredet, auch wenn ich nicht genau weiß, warum ich zugesagt hatte. Aus Neugier? Eher nicht. Ich hatte wirklich überhaupt keine Lust, dieser Frau zu begegnen. Vielleicht aus Mitleid mit meinem Geliebten, ja, das muss es gewesen sein, denn ich spürte, wie sehr er von diesem Liebesstrudel, diesem unbändigen Drang erfasst worden war, sodass ich mir dachte: Na gut, lassen wir uns auf dieses abenteuerliche Treffen ein, das wird ihm guttun. Und ich fürchtete mich kein bisschen vor dieser Frau, der zu begegnen ich nicht die geringste Lust hatte, weil der Mann mich ja so sehr liebte, dass nichts dazwischenfunken konnte.

Und so saß ich im Café, als ich fünf Minuten vor ihrem Eintreffen – sie waren mit dem Auto unterwegs, und der Mann sollte mich hier abholen, um gemeinsam mit ihnen ins Restaurant zu fahren – durch das Fernsehen erfuhr, dass Beckett gestorben war. Darum hatte ich, als der Mann, der mich liebte und ein wenig die Bodenhaftung verlor, das Café betrat, das Gefühl einer Unterbrechung unserer Liebe, eines Moments der Schwebe, wegen dieses tragischen Ereignisses, Becketts Tod. Ohne Becketts Tod hätte ich mich bestimmt, wenngleich mit einem sehr unguten Gefühl, auf dieses seltsame Vorstellungsspiel mit seiner Frau eingelassen, und die Situation wäre zumindest peinlich geworden. Aber nun folgte ich ihm voller Trauer um Beckett zum Auto, in dem seine Frau wartete, und während wir zum Restaurant fuhren, das auch noch mit Sorgfalt (was für eine Sorgfalt?) ausgesucht worden war, informierte ich sie beide über dieses bedeutende Ereignis, das die Welt von Grund auf veränderte.

Zunächst glaubten sie wohl, dass ich damit nur ablenken wollte, aber dann mussten sie feststellen, dass das nicht zutraf, es war tatsächlich etwas vorgefallen, das mich aufrichtig erschütterte, und angesichts dessen rückte die Liebe zwischen diesem verheirateten Mann und mir, so gewichtig sie auch war, umwälzend für uns drei, in den Hintergrund. Dank Becketts Tod konnte das unendlich bizarre Gespräch, das stattfinden sollte, eben nicht stattfinden. Sowohl sie als auch er waren redlich bemüht, unser Thema zur Sprache zu bringen, und ich versuchte aus Höflichkeit mitzuspielen, aber nie kam das Gespräch in Gang, denn es hätte mich wirklich schockiert, an einem solchen Abend etwas anderes im Sinn zu haben als eine gewisse Andacht, schließlich geht man, wenn ein naher Angehöriger stirbt, auch nicht abends ins Theater.

Das ist eine Hypothese

In welchem Leben hab die tödlich' Schlingen ich gelegt? Es erscheint mir so weit weg. Nie werde ich wissen, warum ich ein Mörder gewesen bin, möglicherweise gibt es dafür keine Erklärung. Man geht stets davon aus, dass es eine gibt, aber ich kenne viele Fälle, auf die das nicht zutrifft. Am Anfang tötete ich unwissentlich, unwillentlich, es geschah einfach, ohne dass ich es gemerkt hätte, mich traf praktisch keine Schuld, ich war nur die ausführende Hand. Dann wurde mir nach und nach bewusst, was ich da tat, aber ich muss gestehen, dass es mich nicht weiter störte. Es war wie Heuschnupfen, ein Tick, ein Zwang: Von Zeit zu Zeit – in unregelmäßigen Abständen – tötete ich. Danach war ich kein besserer oder schlechterer Mensch, war weder gesünder noch kränker. Ich nahm die Arbeit dort wieder auf, wo ich sie hatte ruhen lassen, und legte mich ins Zeug, um die verlorene Zeit wettzumachen, denn ich habe meine Arbeit immer gewissenhaft erledigt, das kann nun niemand bestreiten. Mein Vorgesetzter war mit mir zufrieden. Wenn ich Überstunden schob, um ein Dossier fertigzustellen oder rasch noch Unterlagen für die Sitzung am nächsten Morgen vorzubereiten, steckte er ab und zu lächelnd den Kopf durch die Tür meines Büros und rief mir zu: Sie sind ja wirklich der Feuerwehrmann vom Dienst! Meine etwas neidischen Kollegen nannten mich denn auch den Feuerwehrmann. Das weiß ich, nicht zuletzt, weil sie Spaßvögel waren und mir während meiner Mittagspause gern ein kleines Feuerwehrauto auf den Schreibtisch stellten, das sie wohl ihren Kindern gestohlen oder im Kaufhaus erworben hatten. Und so entstand meine Sammlung. Am 28. März 2008 zählte ich nach: Ich besaß achtundzwanzig Feuerwehrautos, darunter ein paar kleine Prachtstücke, die bestimmt ein Heidengeld gekostet hatten.

Als man mich wegen der Morde verhörte, wollte man unbedingt die Uhrzeiten erfahren. Um welche Uhrzeit waren sie begangen worden? Ich nehme an, das ist für ihre Statistiken über Serienmörder: Sie erstellen ein Profil, und wenn zum Beispiel sämtliche Morde um 14.10 Uhr begangen wurden, ziehen sie daraus irgendwelche Schlüsse. Das gilt auch für den Modus Operandi: Wenn das Opfer zum Beispiel jedes Mal erwürgt und ein Schneckenhaus auf die Leiche gelegt wurde, ziehen sie daraus weitere Schlüsse. Ich hatte weder einen Modus Operandi noch eine bestimmte Tatzeit, weder Schneckenhaus noch einen anderen Fetisch in der Art. Ich legte meine Schlingen, ich legte sie selbstverständlich dort, wo ganz gewiss Leute vorbeikommen würden – wozu sollte ich sie sonst legen? –, jemand verfing sich darin, und dann war's um ihn geschehen. Ich legte Schlingen, weil ich meinen Großvater dabei beobachtet hatte und weil ich mich darauf verstand. Mir gefiel nicht das Töten, sondern das Schlingenlegen. Vor allem wegen der Wörter, wie mir mal jemand erklärte. Der Ausdruck »Schlingen legen« soll mir demnach so gut gefallen haben, dass ich ihn in die Tat umsetzte. Ich habe mir schon dümmere Erklärungen anhören müssen.

Ich habe ihnen auch gesagt, dass es genauso Teil meines Lebens war wie: wach werden, aufstehen, sich waschen, trinken, essen und alles, was daraus folgt. In meinem Leben kam lediglich noch eines hinzu: Schlingen legen. Diese Wörter erinnerten mich manchmal an eine Turnübung: Schlingentraining, Matten legen, Schlingentraining, Matten legen, oder an eine medizinische Untersuchung: einatmen, ausatmen, einatmen, ausatmen. Das Schlingenlegen fand niemals in der Nacht statt, denn ich führe ein ziemlich geregeltes Leben, wie ich den Ermittlern sagte. Wieder ein Wort, das mir sehr gefällt: Ermittler. Aber lassen wir das. Im Großen und Ganzen verlief mein Alltag so: wach werden, aufstehen, Kaffee trinken, mich waschen und anziehen, auf den Weg ins Büro machen, und da kam die Frage nach dem Schlingenlegen auf. Würde ich es gleich tun? Später? Es war keine Quälerei, sondern nur eine Frage meiner Zeiteinteilung. Diesen Ausdruck gebrauchte meine Tante gern: Ich muss mir die Zeit einteilen. Wenn man ihr sagte: Ich komme demnächst vorbei, wollen wir uns vielleicht eine Ausstellung ansehen? Sag mir, um wie viel Uhr du vorbeikommst, antwortete meine Tante, ich muss mir die Zeit einteilen.

Ich fand immer Zeit, um meine Schlingen zu legen, denn es war mir derart in Fleisch und Blut übergegangen, dass ich es gut und schnell machte, sozusagen aus der Hüfte heraus, manchmal dachte ich nicht einmal darüber nach, sondern war in Gedanken ganz woanders. Danach, und so habe ich es den Ermittlern gesagt, deren Berufsbezeichnung mir so gut gefällt, hatte ich das Gefühl, meine Pflicht erfüllt zu haben. Auch dieser Ausdruck gefällt mir, »seine Pflicht erfüllen«, aber ich werde Ihnen hier nicht alle Wörter oder Wendungen auflisten, die mir gefallen, denn sonst würde daraus ein Roman werden oder ein Lexikon. Ein Roman, wenn ich Ihnen erklären würde, warum und wieso sie mir gefallen, ein Lexikon, wenn ich mich damit begnügte, sie in alphabetischer Reihenfolge aufzulisten. Ebenjene Reihenfolge, wie meine Großmutter zu sagen pflegte, und auch diese Konstruktion gefällt mir (in Klammern nur ein Hinweis darauf, wie meine Großmutter sie verwendete, wenn sie etwas erzählte und sich dabei präzise ausdrücken wollte: Heute Morgen war ich beim Bäcker, sagte sie etwa, und ebenjener Bäcker hat mir altbackenes Brot verkauft), ebenjene Reihenfolge also, alphabetischer Art, wäre ganz und gar unangebracht, denn die erste Begegnung mit Wörtern und Wendungen, die einem gefallen, hat eine geheime Bedeutung und folglich auch eine geheime Reihenfolge. Genau das sagte ich den Ermittlern, von denen manche mir übrigens für literarische Themen durchaus offen schienen. Und so fasste ich Vertrauen und führte den Gedanken weiter aus: Nehmen wir an, dass ein Roman, ein bedeutender Roman natürlich, ein wahres Meisterwerk, sich als Entwicklerbad für die geheimen Wörter und Wendungen erweist, die einem so gut gefallen. Als ich ihnen das sagte, wusste ich schon, das Wort »Entwicklerbad« würde mir so gut gefallen, dass es in mir ein kleines Erdbeben auslösen dürfte. Entwicklerbad, sagte der Chef des Ermittlerteams nachdenklich und strich sich übers Kinn. Da erkannte ich auf Anhieb, dass dieser Mann kein Dummkopf oder zumindest ebenfalls für Wörter empfänglich war.

Danach haben wir über meinen Zeitbegriff gesprochen. Warum hatte ich gesagt: In welchem Leben hab die tödlich' Schlingen ich gelegt? Glauben Sie an frühere Leben?, fragte der Chef des Ermittlerteams, der mir da nicht mehr ganz so schlau erschien. Denkbar wären doch auch Parallelexistenzen, antwortete ich. Und weil er zerstreut wirkte, erläuterte ich: Es handelt sich übrigens um Blankverse, und Sie wissen ja (das war reine Höflichkeit, denn ich wusste, dass er es nicht wusste), dass diesen Versen eine Art magische oder zumindest hypnotische Kraft innewohnt. Was glauben Sie wohl, warum die Stücke von Shakespeare eine solche Wirkung auf uns haben, zum großen Teil verdankt sie sich diesen Blankversen, die uns in Trance versetzen. Soll das heißen, dass Sie Ihre tödlichen Schlingen im Trancezustand legen?, stellte der Chefermittler diesmal eine sehr intelligente Frage, und ich bewunderte ihn dafür, die Gelegenheit so beherzt beim Schopf zu packen. Das ist eine Hypothese, antwortete ich. Eine ausgezeichnete Hypothese.

Hyères

Unter dem braun-weiß gestreiften Sonnensegel, das auch jetzt bei Nacht ausgespannt ist, stehen die leichten Korbtische und Korbstühle. Wir sind in Hyères, es ist Nacht, und begonnen hat der Beginn unserer Trennung. Fast unmerklich zunächst, ohne jedes Anzeichen, doch etwas hat sich verschoben, so leicht, dass kein vernünftiger Mensch es ernst nehmen würde. Man sollte nicht derart überempfindlich sein, aber etwas hat begonnen, und ich habe es gesehen: Eine schmale schwarze Katze, die im Dunklen die Straße überquerte, während wir verliebt auf der Hotelveranda saßen und an diesem schönen Juniabend Eis aßen. Der Tag ist herrlich gewesen (Boot, Sonne), wir verstehen und lieben uns (Zimmer, Strand), aber mir gefällt diese nächtliche Kreuzung mit unserem Hotel an der Ecke nicht, keine Ahnung, warum. Dabei stehen hier Palmen, ein hübscher Anblick, das Hotel ist reizend, der morgige Tag wird ein Fest sein, jeder Tag ist für uns ein Fest, und dennoch gefällt mir diese stille Kreuzung nicht, die in aller Stille von einer schwarzen, beinahe mit der Dunkelheit verschmelzenden Katze überquert werden wird, ich habe sie sofort entdeckt und insgeheim beschworen, auf dem Bürgersteig zu bleiben, auf dem sie sich näherte, während wir Eis aßen, und als ich sah, wie sie, taub für meine Wünsche, für meine Bitte, die fast schon ein Flehen war, lässig die leere Straße überquerte, erschauderte ich.

So hat alles begonnen, sollte ich Jahre später zu Ernst sagen, und wir konnten nichts dafür, weder du noch ich. Es lag nicht in unserer Macht. Inzwischen weiß ich allerdings, was ich hätte tun sollen: Ich hätte der Katze folgen sollen. Ich hätte Ernst auf der Veranda Eis essen lassen, ohne ein Wort der Erklärung aufstehen, in die Dunkelheit der Straße, der Kreuzung, der Palmen eintreten und der schmalen schwarzen Katze folgen sollen, die sich irgendwann vielleicht umgedreht hätte, um sicherzugehen, dass ich wirklich da war. Ich hätte mich ihrem Rhythmus angepasst, ohne den Schritt zu beschleunigen, ohne unruhig zu werden oder nach ihr zu rufen, wir wären der Straße bis zum Strand gefolgt, dort hätte sie, den Schwanz plötzlich aufgerichtet und zitternd, einen Moment innegehalten, wäre dann nach links abgebogen, und ich wäre ihr gefolgt, mit dem felsenfesten Entschluss, nicht lockerzulassen, selbst wenn unser Spaziergang tausend Jahre dauerte.

Bestimmt hätte sie mich irgendwohin geführt. Zu einem Rätsel, das seiner Auflösung harrte, zu einer Sphinx, deren Frage fehlerfrei zu beantworten war. Und ich wäre dank meiner Entschlossenheit dermaßen konzentriert gewesen, dass es mir gelungen wäre, das Rätsel aufzulösen, der Sphinx fehlerfrei zu antworten. Danach wäre ich denselben Weg zurückgegangen: Ich wäre dorthin zurückgekehrt, wo die Katze und ich links abgebogen waren, wäre die Straße wieder hochgegangen, die vom Strand zu unserem Hotel an der Kreuzung führte, und natürlich wäre die Dunkelheit gewichen, wäre es hell geworden, meine Expedition hätte tausend Jahre gedauert, aber ich hätte Ernst Eis essend auf der Veranda vorgefunden, als wäre ich nur eine Minute fort gewesen. Wo warst du denn?, hätte er zerstreut gefragt, und unsere Trennung hätte niemals stattgefunden.

Irène und ich

Reiten, reiten, reiten, durch den Tag, durch die Nacht, durch den Tag … In diesem Manuskript mussten wir einige Korrekturen ausführen, bei allen ging es um die Zeitform eines Verbs. Das Schreiben war mir ziemlich leichtgefallen. Eins hatte das andere ergeben, die Hintersinnigkeiten und Spielereien waren von allein gekommen, das Buch schritt in etwas schnellerem Tempo voran als ich, und ich musste mich mit dem Schreiben beeilen, die Sätze tauchten bündelweise auf, wie im Zeitraffer, die Szenen bildeten sich, lösten sich auf, entwickelten sich weiter, eigentlich musste ich nur ständig zur Stelle sein. Aber die Verben! Ständig auf der Flucht, immerzu, wie die immerzu fliehenden Köpfe von Giacometti, und ich konnte doch nicht alles minimieren, auf ein Minimum reduzieren, ich brauchte die Verben und vor allem ihre Zeitformen, damit die Geschichte auch wirklich stattfindet. Dabei hatte ich Schwierigkeiten mit dem Imperfekt, oder Präteritum, und dem Perfekt. Ich hatte kein Gespür mehr dafür, ob gerade Imperfekt beziehungsweise Präteritum oder Perfekt angebracht war, und manchmal, das war noch schlimmer, konnte ich den doch riesigen Unterschied zwischen Imperfekt und Perfekt gar nicht mehr wahrnehmen. Es kommt mir so vor, sagte ich Irène, meiner Korrektorin, als wäre ich tatsächlich auf der Suche nach einer anderen Zeit, einer Zeit, die es nicht gibt, ganz sicher nicht das

Präteritumperfekt, aber eben auch nicht das Präteritum oder das Perfekt. Es ist die Vergangenheit, sagte ich Irène, so viel steht fest. Aber sie scheint weder vollendet zu sein noch unvollendet, weder vorzeitig noch gleichzeitig, sie hat andere Eigenschaften, andere Merkmale, die unsere Sprache nicht kennt.

Und dann sind wir das ganze Buch noch einmal von vorn durchgegangen. Irène hatte kleine Papierstreifen zwischen die Seiten gesteckt, die ihrer Meinung nach verwirrende Tempusfehler enthielten. Und ich war genau wie diese Frau, eine alte Freundin meines Vaters, die sich eines Tages, als jemand beim Mittagessen das Wort »Hirschkuh« benutzte, an meinen Vater wandte und fragte: Hirschkuh? Was ist denn eine Hirschkuh?, was uns zu erkennen gab, dass sie allmählich den Verstand verlor.

Ich bat Irène, mir diesen oder jenen Satz im Perfekt und dann im Imperfekt vorzulesen, und bemühte mich, den gigantischen Unterschied herauszuhören, der zwischen folgenden Sätzen besteht: Als er gegangen ist, habe ich die Augen geschlossen, als er ging, schloss ich die Augen, als er gegangen war, schloss ich die Augen. Um es kurz zu machen: Er ist weg, sagte Irène, um die Atmosphäre aufzulockern, und wir lachten (Gleichzeitigkeit).

Irène ist eine in der Buchbranche hochangesehene Korrektorin, sie hat das absolute Gehör. Sie nimmt alles wahr, die zarteste Nuance eines Worts, eines Satzbaus, einer Zeitform, die leiseste Schwankung der Intensität oder Intention. Sie meint sogar, dass sie manchmal zu viel heraushört und dass es sie in gewisser Hinsicht vom Lesen abhält, denn all diese winzigen Fehler, die sonst niemand sieht oder fühlt, sind für sie wie lauter Klippen. Um mich zu beruhigen (auch das gehört zu ihrem Metier), hat sie mir gesagt, in meinem Text gebe es doch gar nicht so viele falsche Zeitformen, nicht mal ein Dutzend, hat sie gesagt, außerdem ist es dein gutes Recht, die Zeiten so zu verwenden, wie es dir gefällt, selbst wenn es für solche Ohren wie meine falsch klingt. Deine Zeit gehört dir, hat mir Irène gesagt. Das wusste ich natürlich, aber ein Schriftsteller muss auch genau wissen, warum er hier das Perfekt verwendet und dort das Imperfekt, habe ich ihr gesagt (das wusste sie selbst), egal, ob es dem Sprachgebrauch entspricht oder nicht, da bin ich völlig deiner Meinung, habe ich Irène gesagt, für den Autor muss es aber einen Sinn haben, und selbst wenn er es nicht recht erklären kann, muss seine Intuition ihm unmissverständlich klarmachen, dass es die richtige Zeit ist, dass einzig und allein diese infrage kommt.

Selbstverständlich haben wir Witze gerissen, über die guten alten Zeiten, die Suche nach der verlorenen Zeit, und am Ende, wie so oft nach gewaltigen inneren Debatten, die eine Maus gebären, haben wir zwei Zeitformen korrigiert, die uns wirklich unangemessen schienen. An einer Stelle habe ich das Imperfekt durch ein Perfekt ersetzt und an einer anderen das Perfekt durch ein Imperfekt. Irène und ich lasen einander abwechselnd das ganze Buch vor, und als wir die letzte Seite erreichten, hatten wir den Eindruck, dass es nun bestehen konnte.

Papa ist zurück

Ich bin's, mein Vögelchen. Ich bin's. Papa ist zurück. Zurück? Wie konnte das sein, wenn er doch tot war? Ob ich träumte? Ich bin's, da bin ich, und er sprach mit seiner Theaterstimme, der Stimme, die er so gern einsetzte, wenn er uns etwas vortrug, eine lange Passage, eine ganze Szene, die er auswendig konnte. Dabei spielte er sehr oft die Frauenrolle (Phädra, Bérénice, Ysé), und meine Schwester drehte sich weg, weil sie es nicht mochte, dass er eine Frauenstimme annahm, dass er eine Zeitlang annahm, er sei eine Frau. Aber er ist doch gleich wieder der Alte, sagte ich, mach dir keine Sorgen, sobald die Szene zu Ende ist, wird er wieder zu Papa. Stimmt schon, sagte meine Schwester, doch wozu dieser Umweg, Herrgott nochmal? Dieser unvermeidliche Umweg?

Papa ist zurück, wiederholte er, ich lächelte und machte es mir im Sessel bequem. Was für eine wunderbare Nachricht!, sagte ich. Wirklich, was für eine wunderbare Nachricht, dass du wieder da bist! Und er verhielt sich wie immer, denn Tote ändern ja nicht ihre Gewohnheiten: Er nahm in seinem eigenen Wohnzimmer Platz, als wäre er zu Besuch. Schon zu Lebzeiten hatte er sich oft so benommen, als wäre er Gast in seinem Zuhause.

Und?, fragte ich, was gibt's Neues? Pah, sagte er und wedelte elegant den Rauch der langen Zigarette fort, die er sich gerade angezündet hatte, pah, es ist keineswegs so besonders, wie immer behauptet wird. Ist das nicht komisch, Papa, sagte ich, du kehrst von den Toten zurück, und trotzdem wirkst du auf mich genauso wie zu deinen Lebzeiten. Gibt es denn Leute, die schon zu Lebzeiten von den Toten zurückkehren? Die sich mitten unter uns befinden, quicklebendig, und dennoch von den Toten zurückkehren?

Wie ich sehe, gehst du den Dingen immer noch auf den Grund, sagte Papa und lächelte mich liebevoll an, wie gut ich seine verschiedenen Lächeln kannte, diesmal war es das Lächeln eines sechsjährigen, gleich darauf das eines sechzehnjährigen Jungen.

Trifft man dort auf alte Bekannte?, fragte ich. Ach, sagte Papa und stand auf, um die Uhr auf dem Kaminsims zurechtzurücken und eine Vase leicht zu verschieben, nahm dann wieder Platz und blickte sich zufrieden um, ich habe doch tatsächlich Billy wiedergetroffen. Er spottete ein wenig über Billy, diesen Angeber, und zuckte lachend mit den Schultern.

Ich freue mich, dich wiederzusehen, sagte ich. Und das Haus?, fragte Papa. Alles in Ordnung? Ich habe mich wirklich bemüht, es euch in einem guten Zustand zu hinterlassen. Ihr (er meinte meine Schwester und mich) hattet damit hoffentlich nicht allzu viele Probleme? Nein, sagte ich, nur einen Wasserschaden in einer der Dachkammern, sonst nichts.

Ich fragte mich, wie lange er bleiben würde, ob er für immer zurückgekehrt war oder nicht. Dein Kleid ist sehr elegant, sagte Papa mit anerkennendem Blick. Ich befürchtete ein wenig, ihm würde auffallen, dass wir das Harmonium und einen Kupferstich verkauft hatten, um unsere Finanzen aufzubessern und die Sommerferien unbeschwert in seinem Ex-Haus zu verbringen, das nunmehr uns gehörte, auch wenn ich es niemals als unseres betrachten könnte, denn für mich würde es für immer seins bleiben, so intensiv, wie er es bewohnt hatte. Doch selbst wenn er bemerkte, dass das eine oder andere verschwunden war – und natürlich bemerkte er es, in seinem Haus entging ihm nichts –, ließ er das mit seiner gewohnten Diskretion unerwähnt.

Ich hätte ja gern wieder einen Monolog gehört, eine lange Szene aus *Mittagswende* oder *Athalja*, aber das geschah nie aus dem hohlen Bauch heraus, er musste sich dafür gewissermaßen im Gespräch »aufgewärmt« haben, musste von einer starken Empfindung ergriffen werden, die ihn umgehend zum Theater führte, zur Bühne, die ihn Stimme und Seele, Körper und Gedächtnis wechseln ließ. Es sah ihm, wie mir plötzlich bewusst wurde, überhaupt nicht ähnlich, einen Satz wie »Papa ist zurück« zu sagen, und erst recht nicht, mich »Vögelchen« zu nennen. Es kam durchaus vor, dass er mich in dramatischen, in tragischen Momenten »mein Schatz« nannte, doch außerhalb von Drama und Tragödie, wenn wir uns beispielsweise in einer Komödie, einer Farce, hinter den Kulissen oder in der Loge befanden, rief er mich immer nur beim Vornamen.

Papa ist zurück, wiederholte er noch einmal, aber mit schwächerer Stimme, sie war längst nicht mehr so fest, so fröhlich wie bei seiner Rückkehr, als glaubte er im Grunde selbst nicht daran. Dein Besuch war ganz zauberhaft, sagte ich. Und als ich mich dann vorbeugte, um einen Faden vom Teppich zu klauben, wusste ich, dass, sobald ich den Kopf hob, Papa weg sein würde.

Meine Tolstoibluse

Im Herzen eines goldenen Sommers gleiten wir langsam über das Wasser. Wir sind auf dem Weiher unweit des Dorfs, in einem Fischerboot, ich bin sechzehn, und noch ist mir nichts, rein gar nichts widerfahren. Alles wird demnächst beginnen, alles steht mir noch bevor. Ich trage eine Bluse, auf die ich sehr stolz bin, eines der ersten Dinge, die ich mir selbst gekauft habe, sie ist lang, kragenlos, und ich trage sie gegürtet, wie Tolstoi. Während das Boot über das schwarze Wasser gleitet, pflückt meine Hand im Wasser Seerosen. Packt die grünen, ganz sacht klebrigen Stiele, reißt sie heraus, und es ist, als springe ein Gummiband aus dem Wasser, an dessen Ende die breiten, grünen und glatten, tellerrunden Blätter so lebendig anmuten wie ein Elefantenohr. Dann ist da die Blüte, wie aus Kautschuk, weiß und hart mit gelbem Herzen. Nichts auf der Welt wird sich für mich jemals schöner anfühlen als das schwarze kühle, das schwarze laue Sommerseewasser, das den Körper umhüllt. Man albert im Boot herum, kippt zur Seite, geht über Bord, taucht unter, sinkt immer weiter, taucht inmitten der Seerosen mit ihren tanzenden Stielen wieder auf, noch hat nichts begonnen, doch bald wird alles beginnen.

Nach der Bootsfahrt gehe ich nach Hause, wo es nicht so heiter zugeht. Bei mir herrscht eine solch entsetzliche Trauer, die alle so verrückt macht, dass es ohne Boot, ohne Seerosen, ohne Aussicht auf die große Revolution, die alles umwälzen wird, wirklich schwer zu ertragen wäre. Ich gehe hinauf in das Zimmer, das ich bewohne und wo die Nächte hart sind, sehr hart, wegen der Angst, die im Haus umherwandert, die Stufen erklimmt, die Zimmer betritt und verlässt, den Dachboden erkundet. Bei uns ist die Nacht ständig in Bewegung. In meinem Bett halte ich die Stellung wie ein Soldat in voller Montur. Sobald es hell wird, lässt die Angst nach. Da schlafe ich, träume, lese. Am Morgen sagen dann alle: Was machen wir heute? Wollen wir zum See?, sagt jemand. Nach dem Mittagessen geht man zum See. Man macht das Boot los, das in einem kleinen Schuppen schlummert. Man fährt hinaus, steckt die Hand ins schwarze warme Wasser, berührt Seerosenstiele und andere unbekannte Dinge, umrundet eine Insel, die einen Umfang von vielleicht zwei Metern hat und nur ein Stück Wiese ist, ich trage meine Tolstoibluse.

Im Boot fährt man auf den Weiher hinaus, wie in einem Gedicht von Apollinaire (wegen des Rhythmus), am Ruder ein angeheirateter Cousin, eine frisch verheiratete Cousine gibt charmante Belanglosigkeiten zum Besten. Wie kostbar diese charmanten Belanglosigkeiten sind! Manche bieten sogar eine Erfrischung an, Johannisbeeren oder Kirschen, all diese köstlichen, fruchtigen, sommerroten Dinge, während wir leider die Nacht haben mit ihrer gewaltigen Witwe, die von Stockwerk zu Stockwerk steigt und umherirrt und die Zimmer betritt, in denen man Soldat sein muss. Ja, bitte noch ein wenig Tag, sage ich in meiner Tolstoibluse, die allseits viel Bewunderung erntet.

Dirty Old Town

Als mitten am Tag die Nacht über Barcelona hereinbrach und Wind und Regen mit aller Wucht auf uns einstürmten, dachte ich, dass unser Aufenthalt in Spanien nicht gerade gut anfing. Gleich nach der Ankunft hatte man uns das Gepäck gestohlen. Hermann hat immer behauptet, ich sei schuld, was nicht ganz falsch ist, weil ich eigentlich auf unsere Koffer aufpassen sollte, die ein Stück versetzt auf dem Bürgersteig standen, während er mit dem Taxifahrer redete. Ihr Gespräch dauerte aber kaum ein paar Sekunden, und als Hermann sich zu mir umdrehte, waren die Koffer verschwunden. Sie enthielten unter anderem unsere Flugtickets, seinen Aquarellkasten und seine Notizbücher. Wir wohnten bei Bridget, einer englischen Freundin, die sich in Barcelona niedergelassen hatte, und sollten am übernächsten Tag nach Menorca weiterreisen. Den ersten Abend verbrachten wir damit, die Mülltonnen rings um den Tatort zu durchwühlen, in der Hoffnung, so zumindest den Aquarellkasten und die Notizbücher wiederzufinden. Leider vergebens. Hermann war außer sich vor Zorn, in erster Linie aber vor Schmerz, wegen der Notizbücher, ich war natürlich bestürzt, aber auch ziemlich fasziniert von Bridget, die, bildhübsch und mit rasiertem Schädel, wie eine punkige Nonne, während unserer Suchaktion mit ihrer tiefen Stimme ständig ein Lied der Pogues schmetterte, dessen Refrain einem durch Mark und Bein ging: *I kissed my girl by the factory wall ...*

Als ich mich viele Jahre später in das Werk eines Romanciers aus Barcelona verliebte, so sehr, dass ich daraus einen Roman machte, dachte ich keine Sekunde an diese Geschichte. Als wäre das Barcelona meines spanischen Romanciers nicht das Barcelona der gestohlenen Koffer, durchwühlten Mülltonnen, Gesangseinlagen, sondern eine völlig andere Stadt, und als ich nach Erscheinen meines Romans ein Interview gab und gefragt wurde, ob ich schon mal in Barcelona gewesen sei, sagte ich sogar: Nein, noch nie. Und war davon überzeugt.

Das Barcelona meines Schriftstellers betrachtete ich nämlich aus seinem Fenster. Ich weiß nicht mehr, ob er in seinen Romanen wirklich die Aussicht aus seinem Fenster beschrieb, aber ich hatte sie bei der Lektüre so oder so vor Augen. Daher verfügte ich über ein Barcelona Nummer zwei, recht detailgenau, was das Viertel meines Schriftstellers betraf, und vermengt mit Ansichten von Sevilla und Granada, wo ich gewesen war, und ein Barcelona Nummer eins, wo ich mit Hermann und Bridget Mülltonnen durchwühlte, um die entschwundenen Notizbücher zu finden, in denen Hermann natürlich Dinge festgehalten hatte, die nicht nur für ihn, sondern für uns beide sehr wichtig waren.

Und die zwei Städte hatten keinerlei Berührungspunkte. Es waren zwei verschiedene Städte, die eine rein imaginär, aber sehr viel detaillierter und bewusster entworfen als die andere, und diese andere, die es tatsächlich gegeben hatte, die ich seitdem aber leicht mit dem Anfang von Batailles *Das Blau des Himmels* verwechselte, war untergangen und in den blauen Fluten des Mittelmeers versunken (Pardon, Hermann), als wir uns nach Menorca einschifften.

Manchmal höre ich mir im Internet *Dirty Old Town* von den Pogues an, und dann ist es so, als würde der Film zurückgespult: Unser Schiff fährt rückwärts auf den blauen Fluten, wir gehen rückwärts über den Pier, gehen bis zur Wohnung, wo Bridget immer noch einen rasierten Schädel hat, hübsch ist und mit heiserer Stimme singt, wir gehen noch weiter zurück, erreichen in Barcelona die Straße, in der Hermann nach einem Taxi Ausschau hält. Und finden unser verlorenes Gepäck.

Wladimir

Wir nennen ihn Wladimir, weil das ein seltener Name ist und er in der Tat ein Unikum war. Man kann ihn aber genauso gut Hermann, Bob, Pierre oder Phil nennen. Er erfreute sich, gelinde gesagt, nicht uneingeschränkter Beliebtheit. Zunächst waren die Leute angetan: Wladimir! Wladimir!, riefen sie und folgten ihm mit den Augen, mit dieser Mischung aus lächelnder Aufmerksamkeit und Besorgnis, die stets ein Zeichen von Faszination ist.

Wladimir kümmerte es nicht, und war er sich überhaupt dieser besorgten Aufmerksamkeit bewusst, die er erregte? Schwer zu sagen. Er war dermaßen in seinen Gedanken versunken und in seiner großen Lauterkeit, tatsächlich glich er einem Unschuldslamm, dass sich um ihn herum alles Mögliche abspielen konnte, ohne wirklich zu ihm durchzudringen.

Ein Beispiel: Wladimir unter Bäumen, auf dem herrschaftlichen Anwesen von Madame Marin. Er spielt mit dem Hund, während man zum Mittagessen mehrere Minister erwartet. Dann zeichnet er den Hund in seinem Skizzenheft, just, als die Minister eintreffen.

Die Minister gehen hintereinander durch das Portal des Hauses von Madame Marin, zwischen der Kapelle und dem anderen kleinen Gebäude ihr gegenüber (einem Taubenschlag?), beide machen sich architektonisch gesehen sehr hübsch.

Madame Marin schätzt Wladimir sehr, wahrscheinlich, weil sie hochintelligent und weitgereist ist. Bei Tisch platziert sie Wladimir zu ihrer Rechten, und die Minister müssen sich eben ans andere Ende drängen.

Ich sage zu Wladimir: Du erinnerst mich an Rousseau bei Madame de Warens. Das quittiert Wladimir mit einem Schulterzucken und runzelt dabei ganz leicht die Stirn.

Während des Essens wird er seiner Rolle als Freund der Familie und als Hauslehrer der Kinder von Madame Marin durchaus gerecht. Nicht dass er besonders zurückhaltend oder diskret wäre – unterwürfig wird man Wladimir niemals erleben. Dafür lässt er sich stets von seiner Zuneigung leiten, in allen, absolut allen Lebenslagen, und wenn ein Minister ihm zusagt, wegen einer Äußerung, die Wladimir brennend interessiert, blickt er diesen Minister voller Zuneigung an und redet mit ihm, als wäre er sein Bruder, sein bester Freund aus Kindertagen.

In solchen Momenten werde ich als Konformistin etwas unruhig, auch wenn ich seit Langem eine große Anhängerin von Wladimir bin und aus diesem Grund von Madame Marin eingeladen werde, denn ich habe schon erlebt, dass Wladimir mit seiner spontanen Anhänglichkeit die Gäste schockiert.

Madame Marin jedoch, die schließlich die Hausherrin ist und diese Ministerriege eingeladen hat, hegt nicht die geringste Befürchtung, wenn Wladimir seine Zuneigung bekundet und den Minister anspricht wie einen Waffenbruder. Madame Marin gefällt das. Ich glaube sogar, dass sie es bewundert.

Was mir gefällt und mich immer wieder verblüfft, ist, dass Wladimir durch seine schiere Präsenz für neue Verhältnisse sorgt. Anstatt dass die Gäste ihren gewohnten Bahnen folgen, werden die

Beziehungen kaum merklich aufgebrochen, sachte umgelenkt, fallen sämtliche falsche Freundschaften in sich zusammen und fühlt sich der bisher am meisten übersehene, einfachste oder verlegenste unter den Gästen plötzlich beachtet, geachtet, ebenso präsent wie alle anderen und auf gleichem Niveau.

Wladimir macht das nicht mit Absicht. Er macht das, weil bei ihm die Zuneigung alles andere überwiegt.

Danach gehen wir, weil wir bei Madame Marin auf recht großem, geradezu barockem Fuß leben – so kommt es mir jedenfalls vor, denn ich bin solche Sitten nicht gewohnt –, alle im Park spazieren, die Minister, Madame Marin, Wladimir, der Hund und ich. Wir wandeln unter Bäumen einen Bach entlang, und Wladimir gerät in helle Begeisterung, während er mit dem alten Minister redet, der ja schon einiges erlebt hat. Aber er gerät ebenso sehr in Begeisterung, wenn er mit dem Chauffeur von Madame Marin redet, mit der Köchin oder Gott weiß wem.

Nach Hause zurückgekehrt, als die Gäste fort sind, zeichnet er wieder den Hund, der ihm offensichtlich gern Modell steht. Und er lacht voller Zuneigung, vor Glück, ihn zu seh'n so schön.

Eine Sünde

Es kam ein Soldat auf der Landstraße dahermarschiert: Eins, zwei! Eins, zwei! Freilufttheater, mitten im Sommer, im Dorf Deaut, hinter der Apsis der Kirche. Anwesend waren Tante Solaire und Tante Amélie, die mir böse Blicke zuwarfen. Vor allem Tante Solaire. Tante Amélie hielt sich etwas zurück. Seit ein paar Monaten schlief ich ab und zu mit meinem Cousin Yvan, sie hatten es erfahren, wie und von wem auch immer, und weil die eine Yvans Mutter und die andere Yvans Tante war (und auch meine, von anderer Seite), gab es ein bisschen Krach, aber einen leisen. Besser gesagt, ein Tuscheln.

Ich kam dazu, hübsch natürlich, schließlich war ich siebzehn und die beiden mindestens fünfzig. In Tante Solaires Gesichtsausdruck erkannte ich eine große, gehässige Strenge, während Tante Amélie besorgt aussah. Mir war schleierhaft, wieso und warum eine Mutter ein junges Mädchen hasste, weil es mit ihrem Sohn schlief. Was ging das die Leute überhaupt an? Der Sohn war ungebunden und einfältig, er war dreiundzwanzig und wusste nicht wohin mit seinen zehn Fingern, also steckte er sie in die Muschi junger Mädchen, die das auch gern wollten. Was war daran so schlimm? Was sollte das schon anrichten? Der Sommer wäre bald vorbei, die Wege würden sich trennen, ich würde den Einfaltspinsel fallen lassen, um mein Studium aufzunehmen, er würde mich fallen lassen, um sich seinen Interessen zu widmen. Da Tante Amélie sich etwas zurückhielt, dachte ich, als ich neben ihr auf einem Strohstuhl Platz nahm, um *Die Geschichte des Soldaten* zu verfolgen, dass auch sie sich in ihrer Jugend oder später der Liebe hingegeben hatte.

Was ich aber zum ersten Mal in Gesellschaft der beiden zu spüren bekam – diese Befangenheit, diesen Hass, diese Unfähigkeit, Dinge auszusprechen, mich offen anzugehen –, sollte ich später unzählige Male erleben, mit anderen Leuten, in anderen Situationen. Immer ausgelöst durch mein Sexualverhalten, ob real oder imaginiert. Weil ich immer mit allen geschlafen hatte, die mir gefielen, ohne auf Beziehungsstatus, Konventionen, familiäre oder freundschaftliche Bindungen zu achten, und weil mir das offenbar anzumerken oder ohnehin allgemein bekannt war, begegneten mir in Gesellschaft häufig Frauen, deutlich mehr als Männer, manchmal aber auch Männer, die mich mit einer gewissen argwöhnischen Vorsicht, zögerlichen Distanz betrachteten und anredeten, ja sogar mit einer gewissen Furcht. Und ich habe immer darunter gelitten. Es hat mir nie gefallen.

Es ging mir nie darum, anderen jemanden auszuspannen, es ging mir nie darum, mich gegen Konventionen aufzulehnen und für Aufruhr zu sorgen. Ganz im Gegenteil. Ich hege allergrößten Respekt für Konventionen, Tabus und Verbote, die mir größtenteils wohlbegründet erscheinen. Aber man muss eben auch meine enorme Liebesneigung berücksichtigen. Wenn ich liebe und begehre, ist es egal, ob es sich um meinen Großvater handelt, meinen kleinen Bruder, die Nachbarstochter, die Schwester meines Geliebten, den Mann meiner Tante: Ich stürme drauflos.

Warum?, wollte mein Vater wissen, der es verstand und auch wieder nicht, der es halb verstand. Weil das Verlangen, das wahre

Verlangen, nicht nach körperlicher Lust, sondern nach Leben, dieses Verlangen, das uns nötigt, mit den Dingen und Wesen eins zu werden, die uns gefallen, uns beglücken, uns magnetisch anziehen, keinen Verzicht duldet, antwortete ich. Und er nickte.

Seinem Verlangen nicht nachzugeben ist eine Sünde, sagte ich. Da widersprach er, aber ich konnte ja sehen, dass er sich seinen Teil dachte. Mein Vater war sehr feinsinnig.

Es ist eine Sünde, weil es zu leben gilt, weil uns der Tod erwartet, weil wir geradewegs auf alles zugehen sollten, was wir lieben, das ist die einzig richtige Richtung. Außerdem, sagte ich zu meinem Vater, mit dem ich solche Gespräche führte, wenn ich an den tiefen Schmerz, den Kummer denke, den mir diese Leute bereiten, die mich so argwöhnisch, feindselig, aber auch interessiert ansehen – warum weisen sie mich nicht ab? Warum sind sie so neugierig auf mich? –, bin ich überrascht, dass sie nie meinen Mut mit in die Waagschale werfen.

Aber vielleicht tat Tante Amélie ja genau das, wenn sie mich mit ihrem zurückhaltenden Blick bedachte.

Ein Strauß Stiefmütterchen

Vor einiger Zeit habe ich geträumt, dass ich ein Gewehr von der Wand nehme, um den Verleger der Éditions Héros-Limite in Genf zu erschießen. In meinem Traum hatte ich ihm Monate zuvor ein Manuskript geschickt, ohne jemals eine Antwort zu erhalten, und das trotz der zwei sehr höflichen Nachrichten, die ich ihm telefonisch hinterlassen hatte, um nach mehreren Wochen des Schweigens in Erfahrung zu bringen, ob dieses Manuskript wohlbehalten im Verlag eingetroffen war.

Wenn es auf der Welt eines gibt, das ich nicht ertrage, und das sollten lieber alle wissen, dann ist es das Ausbleiben einer Antwort.

Ansonsten kann man mich hintergehen, ausnutzen, belügen, dreist beschimpfen, meine Eitelkeit verletzen, meine Gefühle, mich in die Wüste schicken – ich nehme mir das nicht so zu Herzen. Wer mir aber nicht antwortet, lebt gefährlich.

In Wirklichkeit habe ich keine Ahnung, wie die Fassade des Genfer Hauses aussieht, in dem die Éditions Héros-Limite (die es tatsächlich gibt) untergebracht sind, doch in meinem Traum hatte ich sie deutlich vor Augen. In einem ruhigen Sträßchen, hinter einer nichtssagenden Fassade, befand sich im Erdgeschoss eins dieser an ein Skriptorium erinnernden Großraumbüros, nichts anderes als ein »open space«, wo jeder still an seinem Schreibtisch sitzt und ohne zu rauchen und ohne zu trinken andächtig seiner Arbeit nachgeht.

Als ich im Traum mein Gewehr von der Wand nahm, freute ich mich durchaus, nach Genf zu fahren, denn ich war schon sehr lange nicht mehr dort gewesen, und ich dachte daran, nach der Ermordung des Verlegers von Héros-Limite noch ein bisschen durch die Stadt zu bummeln, zu flanieren, die Orte aufzusuchen, die ich von früher kannte. Vielleicht würde ich sogar über Nacht bleiben. Schließlich hatte ich in Paris nichts Dringendes zu erledigen.

In dieser also teils blutrünstigen, teils reiselustigen Verfassung steuerte ich im Traum die Gare de Lyon in Paris an, nachdem ich meine Fahrkarte online gebucht hatte.

In bester Thriller-Tradition hatte ich meine Waffe unter einen Trenchcoat geschoben – dabei trug ich im wirklichen Leben nie einen Trenchcoat, ich mag dieses Kleidungsstück nicht – und saß im 91er-Bus, wo ein reizender Herr, der mit mir ins Gespräch gekommen war, sich aus unerfindlichen Gründen über Bressons Film *Pickpocket* ausließ.

Ich habe noch nie jemanden mit einer Schusswaffe getötet, aber ich hatte schon das Verlangen danach, dachte ich im 91er-Bus. Bisher war ich nie so verrückt, zur Tat zu schreiten, überlegte ich im 91er-Bus, aber jetzt ist es so weit, ich bin am Limit. Im Traum fiel mir auf, dass das Wort »Limit« unmittelbar mit meiner mörderischen Absicht zusammenhing und dass der hartnäckig schweigende, unsichtbar bleibende Verleger von Héros-Limite das lieber hätte bedenken sollen, anstatt in seinem Skriptorium den Klugscheißer und Tagträumer zu geben. Jeder seriöse Verleger weiß doch, mit wem er es zu tun hat, dachte ich im 91er. Meine – äußerst klugen – Stammverlegerinnen waren immer streng darauf bedacht, dass bei mir nicht das geringste Bedürfnis aufkam, sie umzunieten.

So, du Würstchen, sagte ich im Stillen und dachte dabei an den schweigenden, geisterhaften Verleger von Héros-Limite (ich drückte mich so aus, weil Zorn ebenso wie Hass zur Derbheit verleitet), setz schon mal dein Testament auf. Diesen ziemlich lächerlichen Satz formulierte ich im Geiste, als ich die große Halle der Gare de Lyon betrat, wo die TGVs abfahren, diese herrlichen Schienenraketen.

Ich hatte im Lauf meines Lebens schon viele sehr narrative Träume, doch dieser übertraf alle, das ist mir klar. Es fehlte wirklich nichts: das Schinkenbaguette und die Flasche Wasser, zu einem horrenden Preis an einem Bahnhofsstand gekauft, der Blick auf die blinkende Anzeigentafel mit den Abfahrtszeiten, das Beobachten der Mitreisenden, die Soldaten, die mittlerweile am Bahnsteig patrouillieren, zu viert oder zu sechst, wie Kinderspielzeug, dem Augenschein nach noch keine zwanzig. Ich hingegen trug das Gewehr links unter meinem Trenchcoat. Apropos: Woher kam auf einmal dieses Gewehr? Ich hatte zu Hause noch nie ein Gewehr! Ich hatte sogar noch nie eins angefasst oder in der Hand gehabt!

In meinem Traum hing es an seinem angestammten Platz und war mir durch und durch vertraut, ich wusste genau, um was es sich handelt.

Die Fahrt wurde mir ein wenig lang. Ich hatte einen Roman dabei, an dem ich sehr bald das Interesse verlor. Ich blickte aus dem Fenster. Dachte an Genf. An diesen äußerst merkwürdigen Typen, den ich damals kennengelernt hatte und der nach eigener Aussage über »schamanische Kräfte« verfügte. Manchmal (vor allem in jungen Jahren) begegnet man äußerst merkwürdigen Leuten. Was mich angeht, bin ich vielen begegnet; ich war für sie wie ein Magnet, sie strömten mir zu. Wenn ich in irgendeiner Provinzstadt abends in der letzten Kneipe, die noch geöffnet hatte, allein mein Omelett verspeiste, verließen sämtliche Dorfirren das Haus und gesellten sich zu mir. Ich zog sie magisch an. Mit diesen Irren habe ich allerdings viele interessante Gespräche geführt, in denen ich in Sachen Gleichgewicht natürlich die Oberhand hatte. Dank ihnen konnte ich ermessen, was Einsamkeit bedeutet, aber auch noch etwas anderes, sehr Kostbares, das ich Ihnen nicht verraten werde, denn Sie verdienen es nicht.

An all das habe ich in meinem Traum von der Zugfahrt nach Genf gedacht. Die Waffe verstaute ich im Gepäcknetz über den Sitzen. Ich dachte, dass ich kein Interesse mehr daran hatte, den unsäglichen Verleger von Héros-Limite zu töten, der es wagte, nicht zu antworten. Der konnte mich mal. Und ich dachte, wen ich in Genf wiedersehen will, ist dieser glubschäugige Irre, der glaubte, über »schamanische Kräfte« zu verfügen, und der mir bei meiner Abreise am Bahnsteig einen Strauß Stiefmütterchen geschenkt hatte.

Der Großschriftsteller

Der amerikanische »Großschriftsteller« hielt sich in Korsika auf, in dem Kloster, wo Hilda und ich Zimmer gemietet hatten, er habe sich über den Mai gewissermaßen versteckt, wie er sagte. Mir war nicht klar, warum das nötig sein sollte. Ja, er war berühmt, aber doch nicht so wie David Bowie. Neun alte Mönche bewohnten einen Flügel des Gebäudes, meine Freundin Hilda und ich einen anderen und der »Großschriftsteller« (der er tatsächlich war) einen dritten.

Tagsüber arbeitete er an einem Roman, von Zeit zu Zeit sah man ihn im Klostergarten, wo er dem alten Mönch Martin beim Pflanzen oder Unkrautjäten half, manchmal ging er auch spazieren und musste sich dafür nicht verkleiden, denn in diesen korsischen Bergen gab es kaum Leute, die ihn hätten erkennen können. Gegen Abend kam er mit Martin auf ein Gläschen in die Küche unseres Flügels.

Ich habe Fotos, die ich Ihnen zeigen könnte (manche in Farbe, andere in Schwarz-Weiß), darauf ist Hilda im Profil zu sehen, am weit geöffneten Fenster mit Blick auf die Wolken, denn wir waren weit oben, und der alte Martin in ländlicher Kluft, mit Pullover und Schirmmütze, und der »Großschriftsteller«, den man sich überall hätte vorstellen können, nur nicht in einem korsischen Kloster, im Gespräch mit Hilda oder während er mir hilft, einen

Artikel über Katherine Mansfield zu schreiben, den ich nach den Ferien einreichen musste. Wir bilden ein ziemlich komisches Quartett, sagte er einmal.

In dieser Zeit habe ich eine Rolle inne, die ich in Hildas Beisein immer hatte und die ich nie besonders mochte: die der Hofdame beziehungsweise der armen Verwandten. Ich lasse mich darauf ein, denn wie der alte Mönch Martin, wie der amerikanische »Großschriftsteller«, wie die Kneipenwirtin aus dem Dorf weiter unten, wie sämtliche Männer, Frauen, Kinder, Hunde, Steine, Passanten bin ich von Hildas Schönheit und Persönlichkeit fasziniert. In der Farnlandschaft, die den Weg unterhalb des Klosters säumt und wo wir jeden Tag spazieren gehen, atme ich, während Hilda und ich uns unterhalten, in tiefen Zügen ihren beträchtlichen, einzigartigen Zauber ein, ihre Intelligenz, die sich jedem Verständnis entzieht, trinke mich daran satt. Ich zehre ebenfalls davon, sagt mir der amerikanische »Großschriftsteller« eines Tages in der Küche, als Hilda uns gerade den Rücken zukehrt und irgendetwas zubereitet.

Da sind Hilda und ich etwa Mitte zwanzig. Sie ist sich von jeher – wir haben uns mit achtzehn kennengelernt – des ungeheuren Zaubers bewusst, den sie ausübt, nie spielt sie ihn aus, tatsächlich bringt dieser Zauber sie sogar zur Verzweiflung, denn ihm fehlt ein Objekt. Man stelle sich beispielsweise einen Bildhauer vor, der sämtliche für seine Kunst erforderlichen Werkzeuge zur Hand hat (Feile, Hammer, Stechbeitel, Meißel), der sich imstande fühlt, einzigartige, kraftvolle Werke zu schaffen, aber nicht über den kleinsten Steinblock verfügt. Das ist Hildas Lage. Und vielleicht ist das der Grund, warum ich es zehn Jahre lang während unserer gemeinsamen Reisen und Ferienaufenthalte, auf Kreta, in

Dänemark, Italien oder Australien, als eine Art arme Verwandte neben ihr aushalten werde (während ich mich, recht kleinlich, über das freue, was ihr fehlt), ohne ihren Zauber, ohne ihre genialische Präsenz, doch im Besitz nicht nur meines Werkzeugs und meines Vorhabens, sondern auch meines Materials.

Um Mitternacht, bei dir hinterm Haus

Der grasgrüne Wagen mit der wackelig gemalten Aufschrift »J. Jones, Gorsehill« kam in der mit Kopfsteinen gepflasterten Durchfahrt zwischen den beiden Wirtshäusern »Zum Hasenfuß« und »Zum guten Tropfen« zum Stehen. Es war eine Kulisse, man drehte gerade einen Film, und weil ich ohnehin ziellos durch Paris schlenderte, hielt ich inne und schaute zu. Schauspieler im Kostüm warteten auf ihren Einsatz, Techniker platzierten Scheinwerfer und Kameras um, am Boden lagen lange Schienen. Ein Mann, den ich als Regisseur oder Regieassistenten identifizierte, telefonierte wild fuchtelnd. Was ist denn los?, fragte ich eine Frau, die ebenfalls zusah. Es fehlt eine Schauspielerin, sagte sie, sie hatte auf der Fahrt hierher einen Autounfall. Einen schweren?, fragte ich. Das weiß ich nicht, sagte die Frau, jedenfalls kann sie nicht zum Dreh.

Da richtete der Regisseur oder Regieassistent seinen Blick auf mich, während er weiter hektisch in sein Handy sprach. Und kam umgehend auf mich zu. Sind Sie etwa Schauspielerin?, fragte er. Ich dachte, er wäre über Schaulustige wie mich an seinem Set verärgert. Aber nein, sagte ich, verzeihen Sie bitte, ich wollte nicht stören. Sie haben viel Ähnlichkeit mit der Schauspielerin, die eine der Figuren verkörpert, sagte er, sie hatte gerade einen Unfall, würden Sie für eine Szene ihren Part übernehmen? Gegen Bezahlung, natürlich. Ich fand ihn forsch, herrisch, weder besonders höflich noch sympathisch. Warum nicht, sagte ich in Erwartung einer amüsanten Erfahrung.

Ich musste mich in einem Zelt kostümieren und schminken lassen, wo alle möglichen Leute geschäftig hin und her eilten. Eine junge Frau setzte sich zu mir, mit einem Stoß loser Blätter, auf denen bestimmte Textstellen rot unterstrichen waren. Das sind Ihre Dialogzeilen, erklärte sie. Es sind nur acht, Sie schaffen das schon. Ich vertiefte mich in den Text, in die Sätze, die ich gleich sprechen sollte. Wer ist diese Figur?, fragte ich die junge Frau an meiner Seite. Was will sie? Was passiert ihr? Das tut nichts zur Sache, sagte der Regisseur oder Regieassistent (noch hatte mich niemand darüber aufgeklärt, wofür dieser Mann eigentlich zuständig war), der ins Zelt gestürmt kam. Ich gebe den Schauspielern niemals Hinweise zur Psychologie oder zum Hintergrund der Figuren. Sprechen Sie die Sätze so, wie Sie immer reden, Ihre Stimme passt, es wird bestimmt klappen.

Das gefiel mir. Ich fand es gut, dass man auf die Stimmigkeit des Tons keinen Wert legte, ein interessanter Ansatz. Besonders angenehm für mich war, dass ich diese Szene allein zu meinem Vergnügen spielen würde, ohne beruflich irgendetwas aufs Spiel zu setzen, weil ich ja kein Profi war und um nichts gebeten hatte. Während man mich schminkte (so stark, dass ich mich überhaupt nicht wiedererkannte), dachte ich, im Grunde müsste ich auch so schreiben. Als wäre ich keine Schriftstellerin. Als müsste ich beim Schreiben nichts aufs Spiel setzen, nur spielen, eine amüsante Erfahrung machen. Mir fiel ein Text von Giacometti über seine Kindheit ein, den ich meisterlich gefunden hatte, und mir schien damals, dass diese Meisterschaft gerade deswegen erreicht wurde, weil Giacometti kein Schriftsteller war. So frei hatte er in meinen Augen nur schreiben können – wie Picasso sein Schauspiel *Vier kleine Mädchen* –, weil er kein Schriftsteller war, wenngleich ein großer Künstler, natürlich.

Ich sollte aus dem Wirtshaus »Zum Hasenfuß« treten und einem Mann, der in der Durchfahrt an mir vorbeigehen würde, ohne mich anzusehen oder den Schritt zu verlangsamen, Folgendes sagen: »Um Mitternacht, bei dir hinterm Haus.« Daraus schloss ich, dass meine Figur einen heimlichen Liebhaber hatte, entweder war er verheiratet oder sie oder beide. Es war nicht weiter schwer, den kostümierten Schauspieler zu streifen, der mir in der Durchfahrt entgegenkam, und ihm zu sagen: »Um Mitternacht, bei dir hinterm Haus«. Der Regisseur oder Regieassistent war entzückt: Eine Aufnahme noch, sagte er, dann haben wir's. Wieder trat ich aus dem Wirtshaus, wieder streifte ich den Schauspieler, wieder sagte ich zu ihm: »Um Mitternacht, bei dir hinterm Haus.« Doch schon bei dieser zweiten Aufnahme hatte ich den Eindruck, weniger wahrhaftig zu sein als bei der ersten.

Danach tauchte ein wahnsinnig berühmter, unglaublich dünkelhafter Schauspieler auf. Was ist das denn?, fragte er, als er mich sah, als wäre ich ein Tisch oder ein anderer Gegenstand. Als reine Zufallsschauspielerin, für die nichts auf dem Spiel stand, sagte ich: Das? Hat man Ihnen denn keine Manieren beigebracht? Für wen halten Sie sich eigentlich, Sie Knallcharge? (Es war das erste Mal, dass ich diesen Ausdruck gebrauchte, »Knallcharge«, und ich war begeistert.) Er wurde weiß, grün, rot, seit Jahren, seit er eine Berühmtheit war, hatte ihn niemand mehr als »Knallcharge« bezeichnet. Auch der Regisseur war grün, weiß, rot und überhaupt alle im Filmteam waren rot, weiß, grün. Und ich dachte, wirklich, wie wunderbar, dass das nicht mein Metier ist. Wie viel Freiheit daraus erwächst. Das Problem war natürlich, dass ich am Ende dieses Drehnachmittags keine Lust mehr hatte, die Schauspielerin zu geben (die ich nicht war). Ich wollte dringend nach Hause, in meine behagliche Wohnung mit ihrem warmen Licht, den zugezogenen Vorhängen, und mich wieder ans Lesen und Schreiben machen, wie immer.

Mit einem Lächeln

Ich bilde mir ein …, sagte ich. Und ich erst, fiel Sherlock Holmes mir ins Wort. Ich ließ mich aber nicht einschüchtern. Ich bilde mir ein, wiederholte ich (auch wenn diese Wendung mir ein wenig veraltet schien), dass der Mörder in diesem Fall ein Kind ist. Ein Kind, murmelte Holmes und skizzierte auf seinem Löschblatt lauter kleine Mädchen und Buben. Er konnte nicht besonders gut zeichnen, aber ich erkannte, was er mit diesen Skizzen bezweckte: Er wollte etwas von außen anregen. Eine Idee, eine Intuition.

Nur ein Kind, sagte ich, kann einen so grausamen und arglosen Mord begehen. Dafür braucht es wirklich ein Kind, das zu spielen glaubt. Jeder beliebige Psychopath hätte Brutalität oder Niedertracht walten lassen, dieser Mord hingegen, sagte ich zu Holmes, wurde augenscheinlich mit einem Lächeln begangen.

Wir hatten es mit einem traurigen Fall zu tun. Ein junger Familienvater, der Altgriechisch unterrichtete, vor Kurzem verwitwet war und laut Aussage von Zeugen sehr unter dem Tod seiner Gattin (nach langer Krankheit) litt, war in seinem Garten erstochen aufgefunden worden. Natürlich dachte jeder an einen Streuner, einen Irren, der zufällig vorbeigekommen war, oder an einen Verrückten im Umfeld des jungen Lehrers, dessen Geisteszustand unbemerkt geblieben war, doch die offiziellen Ermittlungen, die seit Monaten andauerten, blieben ergebnislos. Nicht die Spur eines Beweises, nicht die Spur eines Täters.

Holmes hatte sich des Falls angenommen, der seine Neugier schürte, natürlich hegte er Vermutungen, aber ich hatte die Frage nach dem Kind aufgeworfen. Welches Kind?, fragte Holmes. Einer seiner Schüler? Nein, sagte ich, eines seiner eigenen Kinder. Da klopfte Holmes, der sich immer zu den seltsamsten Dingen hinreißen lässt, mit dem Finger auf die Schreibtischkante, und zwar recht laut, wie ich vermerken muss.

Der junge Lehrer hatte drei Kinder, zwei Mädchen und einen Jungen zwischen sieben und fünfzehn Jahren, die natürlich alle so aussahen, als könnten sie kein Wässerchen trüben (worauf ich nicht wetten würde). Man hatte sie so behutsam wie nur möglich befragt, doch was mir während dieser Verhöre, die sich als warmherzige Gespräche zwischen Erwachsenen und vom Leben schwer geprüfte Kinder tarnten, besonders ins Auge fiel, war die strahlende Unschuld der jüngeren Tochter. Die ältere wirkte betreten und verstört, der kleine Bruder vollkommen niedergeschlagen, weil er nicht nur die Mama verloren hatte, sondern gleich darauf auch seinen Papa, die jüngere Schwester aber war auf so wohldosierte Weise ergriffen, ihre würdevolle Haltung so beeindruckend, ihr Blick so klar, ihre Wortwahl so präzise, dass ich mir recht gut vorstellen konnte, wie sie, mit einem Eispickel, Messer oder Dolch bewaffnet, ihren Vater formvollendet im Garten ermordete.

Und das Motiv?, fragte Holmes, der sich in der Regel kaum für meine Überlegungen interessierte. Wahn, sagte ich. Der reine Wahn.

Aber wird dieses Kind von Ärzten behandelt? Von Psychiatern?, fragte Holmes. Keineswegs, antwortete ich meinem Freund,

und abgesehen von jenem Mord, den ich ihr zuschreibe, weist unsere Jugendliche – sie ist vierzehn – keine Anzeichen einer psychischen Störung auf. Eine gute Schülerin, zwar nicht sehr gesellig, aber sie liest viel, hilft zu Hause mit, kümmert sich liebevoll um ihren kleinen Bruder, ist ernsthaft und verantwortungsbewusst. Die Psychologen, führte ich aus, haben sie Zeichnungen anfertigen lassen, aber sie zeichnet immer etwas anderes. Was soll das heißen: etwas anderes?, fragte Holmes leicht gereizt. Tja, wie soll ich das erklären, sie zeichnet immer Dinge, die nach etwas anderem aussehen, antwortete ich ein wenig kleinlaut, weil ich es nicht besser erklären konnte.

Ich führte mir die Leiche des jungen Altgriechischlehrers im Garten wieder vor Augen, vor allem sein Gesicht. Er wirkte überrascht, sagte ich zu Holmes, überrascht, dass seine Tochter ihn tötet. Dabei, fuhr ich fort, während ich meine Pfeife stopfte und in einem Sessel Platz nahm, denn bisher war ich pausenlos auf und ab gegangen, was Holmes nicht leiden konnte – please, sit down!, ermahnte er mich ständig –, dabei könnte ich schwören, dass der junge Griechischlehrer so oder so wusste, dass seine Lieblingstochter – er liebte sie abgöttisch – ihn eines Tages töten würde.

Wie kommen Sie nur darauf?, rief Holmes, der seinerseits ein sehr merkwürdiges Verhältnis zu seinen Eltern hatte, aber das ist ein anderes Thema. Wegen eines Briefs, sagte ich, einer Art Liebesbrief an seine Tochter, der bei den Ermittlungen entdeckt wurde und gewissermaßen sein Todesurteil besiegelt hat.

Wer sagt denn, murmelte Holmes, dass nicht die Vierzehnjährige diesen Liebesbrief verfasst und ihrem Vater untergeschoben, dass sie sich gewissermaßen als ihren Vater ausgegeben hat?

Daran habe ich auch gedacht, sagte ich gelassen zu Holmes, denn als Arzt hatte ich schließlich schon allerhand Merkwürdiges erlebt. Ja, ich glaube, der Brief stammt tatsächlich von der Tochter, sie hat sich eine Geschichte ausgedacht, die sie, Pardon, sehr erregte, mein lieber Holmes.

Holmes, der sehr prüde war, wie in allen Büchern belegt, die seine Lebensgeschichte erzählen, wurde knallrot. Junge Mädchen sind ein Fall für sich, sagte er. Ja, antwortete ich, aber wir müssen diese Mörderin schleunigst festnehmen, mein lieber Holmes, denn sie schreckt vor nichts zurück.

Dieser Fall sorgte für einiges Aufsehen. Ich für meinen Teil denke oft an den jungen Altgriechischlehrer, unschuldig, hilflos, zutiefst verzweifelt über den Tod seiner Gattin, wie er eines Tages im Garten sein Lieblingskind trifft, seine abgöttisch geliebte Tochter, die mit einem Lächeln ihr Schwert erhebt und ihm den Todesstoß versetzt.

Was fehlt

Das Eigenartige an diesem Text ist, dass ihm etwas fehlt, sagte jemand. Worauf alle sagten: Ja, genau, das stimmt, dabei ist es blöderweise nur eine winzige Kleinigkeit.

Würde er das enthalten, was fehlt, sagte der Chefkritiker, wäre dieser Text wirklich vollendet, er wäre wahrlich ein Hochgenuss. Und man möchte schließlich nicht, dass einem der Hochgenuss versagt wird, setzte ein anderer Kritiker hinzu. Vor allem, wenn er in Reichweite ist und eine Kleinigkeit genügen würde, ein Kapitel vielleicht, oder auch nur ein Absatz, ja sogar wenige Zeilen, die das Ganze zusammenbinden, sodass es wie auf einem Samtkissen ruht, schön sichtbar, schön einheitlich, schön vollständig, und wir das Schmuckstück auf uns wirken lassen können!, sagte eine Frau.

In seinen Interviews, gab jemand zu bedenken, hat der Autor regelmäßig diese seltsame Bemerkung wiederholt: »Am Anfang stand der Wunsch, etwas zu schreiben, das mich nicht quält.« Wie bitte?, rief eine Frau, leidet dieser Autor beim Schreiben denn solche Qualen? Nein, das wohl nicht, antwortete derjenige, der den Autor zitiert hatte, er sagt, wenn er eine Geschichte schreibt, führt sie ihn manchmal in Gefilde, in die er nicht geraten will, und dann tritt er auf die Bremse. Sobald es in Gefilde geht, die er meiden will, tritt er auf die Bremse. Aber was sind das denn für »Gefilde«, hakte ein Jury-Mitglied nach, irgendein schmuddliges Kapitel seiner Lebensgeschichte? Das glaube ich nicht, sagte der Chefkritiker. Zumindest sagt er, das sei ganz und gar nicht der Fall. Er sagt, es habe mit dem Tod zu tun. (Grabesstille.) Dem Tod?, fragte eine Frau. Ja, wiederholte der Kritiker mit müder Stimme, dem Tod. Man kann sich durchaus vorstellen, sagte die Frau, dass er den Eindruck hat, in einen Tunnel zu gelangen, wo alles immer enger und dunkler wird. Offenbar hat seine Schwester, meinte eine junge Frau, die zum ersten Mal das Wort ergriff, wenige Minuten vor ihrem Tod zu ihm gesagt: Komm mit. Das habe ich im Radio gehört. Unfassbar, dass er so etwas preisgibt …, murmelte eine andere Frau. Was soll's, sagte jemand, der Text ist ja nicht übel, es stimmt aber, fuhr er nach einer kurzen Bedenkzeit fort, es stimmt, dass ihm etwas fehlt. Da blickten sie alle aus dem Fenster. Der Sitzungsraum war etwas trostlos, ohne jeden Reiz, und sein Mobiliar bestand lediglich aus einem großen Tisch mit Metallfüßen, Stühlen und einem Gemälde.

Viele der Texte, die in diesem Band versammelt sind, beginnen mit dem ersten Satz eines Werkes aus meiner persönlichen Bibliothek. Den Autoren sei hier gedankt.

Raymond Carver, »Pappkartons«, in *Erste und letzte Storys* (übersetzt von Helmut Frielinghaus)
Claude Simon, *Triptychon* (übersetzt von Eva Moldenhauer)
Mario Soldati, *Briefe aus Capri* (übersetzt von Herbert Schlüter)
Frank Wedekind, »Ein böser Dämon«
Dino Buzzati, »Traum von der Treppe« (hier nach der französischen Version übersetzt von Patricia Klobusiczky)
Sei Shōnagon, *Kopfkissenbuch* (übersetzt von Michael Stein)
Fjodor Dostojewski, »Im Winter niedergeschriebene Notizen über im Sommer gewonnene Eindrücke« (übersetzt von Hartmut Herboth)
Georges Simenon, *Der Erpresser* (übersetzt von Linde Birk)
William Styron, *Sturz in die Nacht* (übersetzt von Willi Winkler)
Witold Gombrowicz, *Kosmos* (aus dem Polnischen von Olaf Kühl unter Verwendung der Übersetzung von Walter Tiel)
Baltasar Gracián, *Scharfsinn und Kunst der poetischen Kreativität* (hier nach der französischen Version übersetzt von Patricia Klobusiczky)
Daphne du Maurier, *Die Parasiten* (übersetzt von N.O. Scarpi)
James Joyce, *Giacomo Joyce* (übersetzt von Klaus Reichert)
Heinrich Böll, *Ansichten eines Clowns*

Ambrose Bierce, »Die Augen des Panthers« (hier nach der französischen Version übersetzt von Patricia Klobusiczky)

Llewelyn Powys, *Earth Memories* (hier nach der französischen Version übersetzt von Patricia Klobusiczky)

Hermann Broch, *Die Schuldlosen*

Rainer Maria Rilke, *Die Weise von Liebe und Tod des Cornets Christoph Rilke*

Marie NDiaye, *Papa muss essen* (übersetzt von Almut Lindner)

Lewis Carroll, *Alice im Wunderland* (hier nach der französischen Version übersetzt von Patricia Klobusiczky)

Enrique Vila-Matas, *El Viaje Vertical* (hier nach der französischen Version übersetzt von Patricia Klobusiczky)

Robert Walser, *Die Rose*

Hans Christian Andersen, »Das Feuerzeug« (übersetzt von Gertrud Bauer)

Dylan Thomas, *Porträt des Künstlers als junger Dachs* (übersetzt von Friedrich Polakovics)

Arthur Conan Doyle, *Das Tal der Angst* (übersetzt von Hans Wolf)

Geheimnisvoller, fremder 7
Als wäre sie tot 11
Nicht größer als ein Taschentuch 14
Auf dem Rasenplatz 17
In der Hinterhand 20
In jenem Sommer 22
Ein Würfelwurf 26
Stark wie ein Löwe 29
Unter den Eukalyptusbäumen 32
Das Paradebeispiel einer Flucht 34
Ist es nicht wundervoll, einzigartig zu sein? 37
Wir messen all diesen Dingen große Bedeutung bei 40
Madame Gandi 43
Keine Spur von Sonne 48
My God! 50
Ein kleiner Fehler 54
Querfeldein 57
Vor fünfzehn Jahren in London 61
Selbst Schluss machen 65
Wenn ein naher Angehöriger stirbt 71
Das ist eine Hypothese 74
Hyères 79
Irène und ich 81
Papa ist zurück 84
Meine Tolstoibluse 87

Dirty Old Town 89
Wladimir 92
Eine Sünde 95
Ein Strauß Stiefmütterchen 98
Der Großschriftsteller 102
Um Mitternacht, bei dir hinterm Haus 105
Mit einem Lächeln 109
Was fehlt 113

Anne Serre, geboren 1960 in Bordeaux, hat seit ihrem Romandebüt 1992 sechzehn Romane und Bände mit Kurzgeschichten veröffentlicht. Für *Im Herzen eines goldenen Sommers*, ihre erste Veröffentlichung auf Deutsch, erhielt sie 2020 den Prix Goncourt de la Nouvelle.

Patricia Klobusiczky, geboren 1968 in Berlin, übersetzt aus dem Französischen und Englischen, u. a. Werke von Louise de Vilmorin, Sophie Divry, Valérie Zenatti, William Boyd und Petina Gappah.

Die französische Originalausgabe erschien 2020 unter dem Titel
Au cœur d'un été tout en or bei Mercure de France.

Das Zitat von Fernando Pessoa auf S. 5 stammt aus *Das Buch der Unruhe des Hilfsbuchhalters Bernardo Soares*, übersetzt von Inés Koebel auf der Grundlage der Übersetzung von Georg Rudolf Lind (S. Fischer).

INSTITUT FRANÇAIS Deutschland

Dieses Buch erscheint im Rahmen des Förderprogramms des französischen Außenministeriums, vertreten durch die Kulturabteilung der Französischen Botschaft in Berlin.

Konzeption | Gestaltung: Antje Haack | www.lichten.com
Satz | Herstellung: Büro für Gedrucktes, Beate Zimmermanns
Abbildungen: Einbandvorderseite von akg-images/Mark De Fraeye, Einbandrückseite von Andrea Geiss/Alamy Stock Photo
Reproduktion: Frische Grafik, Hamburg
Druck | Bindung: Beltz Grafische Betriebe, Bad Langensalza
Printed in Germany
ISBN 978-3-949203-38-1